文学·雅趣·旅游·时政·生活·艺术

六书坊

故乡花事

谈正衡 著

武汉大学出版社
WUHAN UNIVERSITY PRESS

图书在版编目(CIP)数据

故乡花事/谈正衡著. —武汉:武汉大学出版社,2014.11
六书坊
ISBN 978-7-307-14290-9

Ⅰ.故… Ⅱ.谈… Ⅲ.散文集—中国—当代 Ⅳ.I267

中国版本图书馆 CIP 数据核字(2014)第 213244 号

责任编辑:张福臣　　责任校对:鄢春梅　　版式设计:韩闻锦

出版发行:**武汉大学出版社**　(430072　武昌　珞珈山)
(电子邮件:cbs22@whu.edu.cn 网址:www.wdp.com.cn)
印刷:武汉中远印务有限公司
开本:880×1230　1/32　印张:7　字数:128 千字　插页:2
版次:2014 年 11 月第 1 版　　2014 年 11 月第 1 次印刷
ISBN 978-7-307-14290-9　　定价:23.00 元

六书坊

杏花春雨江南，秋风桂子送香。

青春底色，花样年华，一如波光之摇影。解读花事，旧梦重温之余，力求让每一文每一图都成为自由行走的花，成为枝头的芭蕾舞者。

写江南风情，贴地域标签，由花事及人事，描绘的是色彩，散发的是精神的馨香！

目 录

CONTENTS

目 录
CONTENTS

<<<

姜花

>>>
腊梅花

一、给我一朵腊梅香啊腊梅香

早年那些老宅院里，很容易见到腊梅。

背阴的墙角，一两丛枝条散乱的矮树，平日里一点不起眼，甚至还有点政出多门地胡生乱长，但是到了寒冬腊月雪花飘飘之时，突然就得了灵气，光光的枝上，绽满娇小玲珑、润洁透明的金色花瓣……仿佛浮光突然奔涌至此，戛然而止，顿使一院苔痕都生动柔和起来，而那流曳在寒风中的一缕冷香，只要闻过一次，就再难忘怀。

亭台楼阁旁和小桥水池边，也是少不了腊梅。若论规模和阵势之大，恐怕很少能超过南京明孝陵了，成百上千株芬芳花树绵延排列石道两旁，随风荡着金浪。严寒中，腊梅开百花之先，独天下而春……此时你若踏雪赏梅，自是雅事一桩。我一直认为，“俏也不争春，只把春来报”表彰的正是腊梅。雪压冬云，白絮纷飞，只有腊梅俏立枝头，傲寒吐芳。冬夜，月挂天心，无垠的原野上白雪皑皑，朔风入骨，一株寒梅独自散发着阵阵幽香……这差不多就是金庸小说里的情境了。

腊梅和梅花，常被人当做同一种花卉，但腊梅非梅。梅是乔木，与桃李杏同属蔷薇科，花形花色也多有相似。腊梅是灌木，花瓣似蜡，也确实带着蜡质，故御寒能力超强，能抢在梅花前于最寒冷的腊月里凌寒独放。因此，“蜡梅”、“腊梅”二名同用共存，都好。

梅花红白二色娇娆迷人，腊梅则是拼尽蜡黄，花形更胜一筹，那些小巧玲珑的瓣儿，淡雅而高贵，仿佛哈口气会化，碰一碰会伤。腊梅是专指，而“梅花”则有可能是将两种花捆绑一起了。毛泽东诗里“梅花欢喜漫天雪，冻死苍蝇未足奇”，从整体诗境看，这里的“梅花”，应该是腊梅更靠谱。古人诗“东风一夜入残年，冻蕊含香娇可怜”，“不肯皎然争腊雪，只将孤艳付幽香”点赞的显然也都是腊梅。在江南一带，梅花通常要捱过了春节后才竞相开放。

那年冬天，在京城北海边宋庆龄故居，循着一阵久违而熟悉的香气，我见到一株十分修挺的腊梅，那么静默与嫣然地立在后园一角。本是南来的游子，却能在北国寂寒的斜阳下，怡然承接天空纷落的流光，披拂下来的枝条上全是绽放的花。黄色的花瓣润滑透明，在凛冽的风里摇曳，清香流远，很有玉洁冰清的韵致。

老家那里，把那种花瓣边缘淡黄而内里浓红紫赤的称为荤心腊梅，若花瓣、花蕊一片清润明黄，绝无杂色相混，则为素心腊梅。古人将素心腊梅直接呼作“素儿”，有个来历，传说宋人王直方家中有侍女素儿，生得十分清婉娴雅，娉婷可人。在某个腊梅盛开的日子里，王直方折了一枝着人送给诗人晁无咎。没想到这位“潮”诗人竟一气写下五首诗回赠，其中有两句“芳菲意浅姿容淡，忆得素儿如此梅”，颇是别有幽怀。

有一种我没见过的檀香腊梅，花中极品，开起来真正是奇香蚀骨吧？还有一种叫九英腊梅，花心紫赤，花瓣尖长跟狗牙一样，碎碎的开在枝上，乡人就喊做“狗牙腊梅”，到处野生野长，生命力极强。虽然名称欠雅，却也蕾若小铃，花似金钟，一朵朵一树树繁盛地开，是母亲和姐姐们的最爱。一年最冷的日子里，它们被从墙角、篱边或是菜园那头的水塘旁采了来，插在老式花瓶里，插在水杯里、酒瓶子里甚至是泥墙上的缝隙里……因为这一枝枝一簇簇润黄而饱满的蜡样花，贫寒而温馨的家园，便四处弥漫着幽幽清香。

原野大地上已是白茫茫一片，雪地里，一行深深的脚印一直延伸到远处村口的石桥上。石桥的那端，一树腊梅的丛枝上正缀满繁花，地面无风，河水已断流，几缕炊烟正袅袅升起……整个情境，犹如宋元古画那般萧瑟，简远，而安宁。

忽然就想起了余光中的那首《乡愁四韵》，经罗大佑一咏三叹唱出来，尤有一种洞穿人灵魂的力量：

给我一瓢长江水啊长江水，
酒一样的长江水，
醉酒的滋味，是乡愁的滋味……
给我一片雪花白啊雪花白……
给我一朵腊梅香啊腊梅香，
母亲一样的腊梅香，
母亲的芬芳，是乡土的芬芳，
给我一朵腊梅香啊腊梅香！

>>>
梅花

二、用一生时光学习梅花好榜样

在腊梅后面，戴雪而开的，是梅花。

春秋时，越人千里迢迢出使梁国，手执一枝梅花作为见面礼，向梁王问候致意。这除了说明越人超级风雅外，也证明当时中原一带梅花确属稀罕物。历来能吟出梅花精妙的，像唐时杜牧，宋代王安石、林和靖与陆游，还有元末的王冕，以及清代的吴梅村，都是南方文化人。南朝陆凯一句“江南无所有，聊赠一枝春”，更是让梅花的一缕香魂，只在江南萦绕……

许多年前，我在一处古宅见识了一株姿色卓异的白梅。那是一棵名贵的犹如探身弄影的“照水梅”，充满文艺气质的梅中珍品，清雅，挺秀，花朵特大，花瓣纯白，内有黄蕊婆娑起舞。一树梅花一夕雪，深院寒寂，香韵孤绝。枝头无风，与花对睇，恍入梦境中，知是花魂如诗魂，朦然间我写下一首诗，现在还记得其中两句：“我问伊人：身上可落有灰尘……伊人问我：可知花魂的心……”

为了能见到更多的白梅，我听了别人的指点，在那一年的春节后去了苏州的香雪海。香雪海位于苏州城外三十里的光福镇邓尉山，梅花种类多，不过看上去以白色为主。康熙年间，一位主政一方称作巡抚的大人物来此赏梅，极目所望，但见白梅似雪，暗香浮动，遂题下“香雪海”三字。至今，崖壁上石刻犹存。我去的正是时候，满山满坡梅花怒放，延绵十数里。拾阶而上，微风轻拂，花枝摇曳，一树树梅花争奇斗艳，竞相展示自己最美丽的风姿。赏梅的路，曲折蜿蜓，间有亭宇数盈，粉墙黛瓦，称“梅花亭”、“闻梅阁”。到达半山腰，俯瞰下方，白茫茫的一片，若银海荡漾。

南京的早春乍暖还寒，阴晴不定，我两次去梅花山皆遇雨。烟雨迷蒙里，别有一番感受……满眼是带雨梅花的冷艳芳姿，连花蕊都坠着细小的雨珠，风姿绰约，楚楚动人。满地落花，但枝头仍前赴后继地开着，宫粉红梅开得正酣，稍稍拉后的白梅刚才满树飞花……红胜霞，白若雪，朵朵是楷模。从高处望下去，蜿蜓的五颜六色伞流，成了花涛雪海中五彩小径。雨天赏梅，更易染一身幽香。

另一以梅著称之地，是不待三月便烟花弥漫的扬州。扬州，除了有倚红偎翠的瘦西湖，更有气节高地梅花岭。梅花岭在扬州古城北边广储门外，明时疏浚河道堆土成丘，遍植梅花，故名。明末，清兵攻扬州，史可法孤军抵抗，被俘后不屈而死，葬衣冠于此。全祖望一篇《梅花岭记》，记述了史可法以必死之志践行自己忠贞的前后经历，让英雄与梅花岭一道千秋不朽。

春到人间草木知，细碎的阳光洒在脚下，我曾在梅花岭上徘徊，伫望，想寻得一丝不同寻常气息。我发现不止一处陈列着史可法的绝命书，有刻在石头上的，有写在纸上的……后人遂有“数点梅花亡国泪，二分明月故臣心”之凭吊。“二分明月”典出唐人徐凝《忆扬州》诗中“天下三分明月夜，二分无赖是扬州”，与“数点梅花”拼联，天上地下，再加上几分人事，就成了扬州的象征。

2007年福建省高考试卷一道古诗鉴赏题，是赏析南宋谢枋得的《武夷山中》：“十年无梦得还家，独立青峰野水涯。天地寂寥山雨歇，几生修得到梅花？”谢枋得与文天祥为同科进士，曾率兵抗元，宋亡，元朝屡召出仕，坚辞不应，被强送大都（今北京），绝食而死。此诗伤感家国身世，沉郁苍凉……独立青峰之上，遥望故土，山中雨歇，天地间更显得苍茫寥落，人生哪辈子才能修炼出梅花一般品格？一脉馨香，千载而下，榜样的力量无穷，中国文化人的梅花情结可谓深潜而久远。

当然，这并不妨碍梅花偶尔向娱乐的方向发展一下，在汤显祖的《牡丹亭》里，杜丽娘走完了牡丹亭上三生路，幸有梅树葬佳人，其梦中情人柳梦梅，借宿梅花观而得梦，最终相遇梅树下……精魂不散，有情人终成了眷属。若干年前，卡拉OK大流行，有一支叫《一剪梅》的歌极为受捧。一枝横斜，佳人俏立，小小的花瓣，淡淡的粉白，荧屏上，费玉清仰头向天唱得尤其出神入化：“雪花飘飘，北风啸啸，天地一片苍茫，一剪寒梅，傲立雪中，只为伊人飘香……”借梅花处境暗喻自己，把自己直接托付给梅花了。深于心思者，要煽情就能煽出一片丰饶绵密的情致来。《一剪梅》，本是打劫宋人周邦彦“一剪梅花万样娇”得来的词牌名，在这里虽被植入现代词句，但仍然不失典雅和蕴藉清远。

>>>
玉兰花

三、银花紫萼 舞尽锦瑟年华

芜湖市书画院旁边，原来的萧尺木塑像那个亭子后面，有一棵大树，每年早春二月开满白花。树上叶子还未萌出，那些花，无遮无拦，气韵生动，高高摇曳于枝头，像是一大群白鸟飞绕，能感觉到它们对季节一定有着深切的渴望，不然何以那么早就将一树繁花放飞？某一年甚至拥裹着一场迟来的晚雪，娇容玉色，优雅而奢华……在缺少春天色彩的日子里，无疑吸引着许多目光。

那时我还住二街，上下班时总是弯点路绕着镜湖走，为的是在短暂的早春里多看一眼那些花。五年前，我搬到了青弋江与长江交汇处的临江桥边住宅小区，紧邻城南的滨江景观绿化带。春风初拂时，我发现这里也栽种了开白花的树，另外还有一类长得大同小异的树，稍晚几天开出紫花，因开得过于用力，以致许多花瓣都朝后翻卷。春风渐暖，白花、紫花皆落尽，梢头舒展出一层繁密嫩亮的新叶。

那天，同女作家林仙儿闲聊，她与夫君一起出版过《不死的南京》一书，文章摄影俱佳，是多家旅游杂志的特约撰稿人，因为早先经营过园艺，故我常向她讨教。当我提到那些想飞的白的紫的花，她哈哈笑起来，说，怎么……这你不认识？白的是玉兰花，紫的是望春花，又叫辛夷花。

嘿，我一拍脑袋，真是灯下黑了……久闻其名却不识花容，三十多年前我做中医时，就常同辛夷打交道了。中药柜里的辛夷，辛散温通，芳香走窜，像个饱鼓的大号毛笔头，毛茸茸的呈浅灰色，故老中医们有时也在处方上写作“木笔”，治鼻渊头痛离不开它。若是剥去毛衣，里面是一个褐色芯，掰开来，有一种特别的清香。因为那层毛戗嗓子，所以我们总是嘱咐病人煎药时最好将其用布包起来。

随后，这两种花见得多了，我就随俗称它们为白玉兰和紫玉兰。白玉兰落尽紫玉兰开，前后相续，花期约在一月余，几乎覆盖了半个春天。古人给起的“望春花”这名也真是好，在高高的树梢上遥望，向人间报告春消息。它们都是深秋孕蕾，冬去春来，朵朵盛开。但渐渐地我也看出了差别，那就是白玉兰花蕾很光溜，只有紫玉兰花蕾是毛绒绒的。

关于药用植物，我常常请教一个朋友，是在芜湖中医药高专教中草药鉴别课的王宁教授。夏天里晚饭后散步，我们在江边防洪墙上碰面，总要聊上一阵。王教授告诉我：辛夷开紫花，玉兰开白花，原先大家混称“木兰”，明代以后逐渐分开，只有开紫花的才能叫木兰。头年秋冬，将毛茸茸的木兰的花骨朵采下晒干，便是药材辛夷。包括广玉兰在内，花谢之后，都结一种形状奇特的红果，长长弯弯，表面凹凸不平像是一串瘿瘤……王教授连比带划给我灌输了一植物学术语，叫“聚合蓇葖果”。

我终于搞清楚了，木兰树形小，柔枝多，花开繁密，而玉兰高大，有承担大事的气象。古人把木兰树做的舟称作“兰舟”，“轻解罗裳，独上兰舟”，“留连处，兰舟催发”，我自己多年前为北大教授朱良志写过一篇题为《木兰为舟兮桂为楫》的书评，解析其书中以船渡人的象征意义……这些“木兰”，其实都为玉兰。

辛夷是常用药材，它的花树应该寻常可见，为什么搞得像外来花一样，让我转了一大圈才戳破。其实，有一年春节后，我在徽州歙县渔梁附近一处山坳边就看到一大片开白花开紫花的林子，都是小钵粗的大树，众花齐放，气势非凡，十分震撼。如果不是正好赶上了花期，就算是让那些树撞破头，也不会识得其真身。植物都是感性的，花是它们一世的欢颜，舞尽锦瑟年华，才明心见性让我们获得最深刻印象和最深入解析。

在乡下，叫玉兰和木兰的人太多了，都是女性。花木兰代父从军，驰骋疆场纵横杀敌，归来显真容，“还我女儿妆”，不改娇柔本色。在文学的叙事中，《木兰花》又为唐教坊曲，用为词牌有《减字木兰花》，四十四字，纳兰容若“相逢不语，一朵芙蓉著秋雨”即是。宋教坊又演变扩容为《木兰花慢》，一百零一字，前片五平韵，后片七平韵。

还是觉得明人朱曰藩那首长诗《感辛夷花曲》结局四句写得好：“新诗已旧不堪闻，江南荒馆隔秋云。多情不改年年色，千古芳心持赠君！”借着花事说心事，绵邈深婉，叫人一咏三叹！

>>>
杏花

四、杏花春雨里 吹笛人未归

农历二月有“杏月”之称。杏与桃李还有梅，都属蔷薇科落叶树，她们是有亲缘关系的表亲姐妹，可以相互走动嫁接的。

杏树的形状千姿百态，那些屈曲盘旋、瘦骨嶙峋黑褐的树干，似乎向人们讲述着世事的沧桑和余寒的料峭。春到江南，薰风稍一吹拂，杏树枝条便开始着绿，抽出嫩芽。过不了几天，细嫩的枝条上便突起一个个娇羞的小花骨朵。花开仿佛是一夜间的事。早上一觉醒来，湿润的雨雾中，满树的杏花已经迎风绽放了，粉白的瓣裹拥着金黄的花蕊，沾着细小的欲滴的水珠，远远近近的空气里弥漫着清香。杏花的着色，介于桃花的红艳和梨花的粉白之间。花朵娇小，却柔媚动人，盛开后白中略染一抹轻红，像秀丽女孩子恬静娇羞的面容。

杏花盛开的时节，江南便罩在一片蒙蒙的细雨中。在我的故乡，春雨里，水粉画那样，影影绰绰是一树树杏花，或在人家的院子里，或在村头，或在溪涧水流旁，淡淡的幽香随风而来，又随风而去……杏花春雨，美在江南。斜雨飘飘，箬笠蓑衣的渔人，立于船头，自石拱桥下而过。桥旁，必是斜一树临水照影的杏花。我两年前出版的一本书《说戏讲茶唱门歌》，写的都是故里旧事旧风情，封面着画，便是这般意蕴景致。

柳丝长，春雨细。杏花开得早，也落得早，盛时短暂。每至花期，一树花儿盛开，意味春至。一场风，一阵雨，那些花瓣便大阵大阵的飞下，满树红英飘然落水……待到杏花结子如豆，春日已往深处去。古人诗词提及杏花飘零，多存感伤。唐代时我们的南陵老乡罗隐写过一首《杏花》：“暖气潜催次第春，梅花已谢杏花新。半开半落闲园里，何异荣枯世上人？”宋代诗人吴融《杏花》有云：“春雨竞相妒，杏花应最娇。红轻欲愁杀，粉薄似啼消。愿作年华梦，翩翩绕此条。”杏花伤离枝，片片是春愁。

自从有“杏花春雨江南”一句，杏花便与春雨结下了不解之缘。“小楼一夜听春雨，深巷明朝卖杏花。”我听过各种卖花声：“卖栀子花哎——栀子花要么？”“茉莉花卖——来！”“白兰花卖——来！”却不曾听人真的喊过卖杏花。但在心里，从来未怀疑过有叫卖杏花的，那绵婉悠长的吴侬软语一直在意识深处飘荡，只闻声音不见人。

循踪江南的记忆，那杏花女在哪条巷陌里穿行？斜簪在她的云鬓间那一枝杏花，至今犹是粉白轻红否？

1999 年，20 世纪末的那个早春，我在青弋江边的一个村落采访一位因患风湿病而半瘫痪的妇人。别人告诉我，这妇人身上很有些故事，她当年嫁的两个丈夫，都是川军军官，都在同日本人战斗中殉国了。妇人叫田杏花，坐在暗黑木椅上，杏仁脸，尖下巴，细长的脖子斜挑的眼梢，虽是一把年纪了，仍能看出当年的俏丽。从田杏花的口中，我知道了她父亲是远近闻名的私塾先生，她第一任丈夫是个连长，战死在宣城寒亭那里的一处山头上，炮弹炸得像犁田一般，尸骨无收。隔了两年，在早春二月的一片杏树林里，她又送别了第二任丈夫，一个比她还小一岁的笛子吹得真好听的营部文书……“那一树一树的花，开得好繁呵，白里透红，红里泛白，风一起，花就落了我俩一头一身，地上就像铺了一层红毯，一层红毯呵……”这话，从那个妇人缺了牙的口中絮絮说出，我听来，却有着一种超常的诗意美！

或许，人生多苦难，生命的本质就是忧伤的。而我想，从那以后，每年早春，便有一树一树如雪如霞的杏花，在江边次第绽放。其充沛的张力，仿佛要将体内贮藏已久的能量猝然释放，缀满大地和天空留出的背景，衬托出笛音幽幽远远的柔美。

花开花落，是岁月的更迭。花落无言，但花落的声音肯定有人听得到，就像当年那个坐在树下听笛的女子。江南迷濛的烟雨里，终结了一段倾情演绎的缠绵的恋情，虽是红销香断，花自飘零水自流，但她却以自己独有的芬芳，留下了一段款款心曲，无怨无悔地怀上了春的孩子……

喜欢这样的黄昏，这样的雨天，打着一把伞，一个人静静地立于村头的河边，看雨，看雨雾蒙蒙里的花树。野渡，炊烟，青瓦，粉墙，还有淡远的心事……一切都那么恬静，那么清婉。

>>>

桃花

五、开入世俗深处的桃花

青弋江头一叶舟，山光云影共沉浮。

门前多是桃花水，未到春深不肯流。

清代诗人袁启旭，有一回到青弋江畔寻访故人不遇，盘桓良久，留下这样一首水汽氤氲、落英缤纷的诗句，然后踽踽归去。我的朋友柳拂桥，注疏得也好："想见一个人的时候，桃花就次第开放了。身边的河水也渐渐地涨起来……"

真是不同的人心里有不同的桃花。

我是俗人，喜欢热闹。我才同一大批人来到朋友老梁的山庄，赶桃花节。

这肯定是老梁山庄的狂欢日。雨后初晴，阳光下水汽氤氲，众多的长枪短炮，五彩缤纷的人流，特别是画舫和曲桥水榭之上，还有高髻广袖的女子作汉服表演。人间四月，总是这般的喧闹与讨喜。但无论是临水的桃花，檐角的桃花，还是山坡头连畦成片的桃花，它们似乎并未因人来得多而开放得特别妖娆抢眼。

有意思的是，我们来时，路过一片未曾开发的荒野，车窗外就有许多花开满树的野桃，矮矮小小，歪歪斜斜长在峥嵘的乱石间。在我还是孩童时，野桃花到处都能看到，云一样飘荡在乡村的每一个角落。那时没有受人呵护的家桃，只有自生自长、自花自果的野桃，小，且多毛，熟了也会泛红，自有一种诱人的酸甜。芳菲正浓，野桃花夭夭艳艳，灼灼枝头，远离喧嚣，彰显出一种独特的美丽。

深爱桃花，爱它的啼雨胭痕，但就我来说，更喜欢“小桃无主自开花”的那种人生景况。在一个东风缱绻的曾经的往日，我们路过某处荒野，一株小桃挑着几朵细伶伶的粉花兀自向晚而开，分明应和着你生命旅程的足音。著花不过十数朵，独向人间冷处开，这会让你想起自己曾有过的初恋、爱与追怀。一段婉曲，坎坷人生如是，其间滋味，谁能细解？

隔岸青山春已满，一千多年前那条唐代的村道上，多情的书生崔护，行走在恰如我们眼前一样的阳春天气里，邂逅了那个让他无比心动的女子。一页诗笺，遂化为一瓣桃花，漂流在历史的长河中，漂流在我们映照自身的不可触碰的意识深处。桃花不语，年复一年，纵横今古多少事？“人面不知何处去，桃花依旧笑春风”，幽幽道来，凄美千古……也就有了邓丽君唱向世俗深处的《人面桃花》。

但这是在老梁山庄，热热闹闹开放着大片桃花，枝头上挂满了一张张粉红的笑脸，微风拂吹，淡淡的花香贴面拂来，如一个浅浅柔柔的吻。桃花开得恣意无忧，人也是满满的心怡。杜甫有“红入桃花嫩”之诗句，在他的眼里，桃花的颜色连同它的花期，都是极其性感的。想来，大凡男人，都偷着乐点“桃花运”，哪怕把“桃花运”弄成了“桃花劫”也在所不辞。“桃花运”一词，出自民间命理学，倘言某人命带桃花，是谓此人生辰八字中含寓着桃花的信息，容易招惹异性，注定情事多多。数日前偶看南京的《金陵晚报》，其专版上居然有篇谈居家风水的文章，通栏标题《在西北位插9朵玫瑰——交上桃花运》。桃花不仅成运，桃花还有星位，该文中就称当年“桃花星”在西北位。不过，民间的八卦另有一说：在盛开的桃花下，左转三圈，再右转三圈，便能得其所乐。

“桃之夭夭，灼灼其华。”可见，人人心中，都有一份浪漫在。

乱红飞如雨，“花谢花飞飞满天”，眼见红瓣满地，又是一年春将尽，可笑我却自露一个小小的破绽。同本市电台午夜节目“今宵别梦寒”主持人清歌走向前山岭头去看大面积桃花时，先是聊她刚刚脱稿的一部题材有点敏感的长篇小说，后来就说到黛玉荷锄葬花。眉眼婉深的清歌说葬的是桃花，我说应是更雅致精典的梅花。事后查明，清歌是对的。只怪我看红楼漫不经心。当初黛玉荷锄葬下的何止是一段女儿愁思，更是她对人生的理解，对春天里空把年华付水流的感伤。她是“薄命桃花”的彻骨知音呵。

……红尘万丈，漫过纷纭旧事。那浅浅敏感的诗心，恰是桃红一点，尖尖的，略带忧伤。

我写过一篇《向往乡居》。我想，等我老去，就择一傍山近水的住处，植一片桃花，看花开花落，听风去风来……或者，就寻一处比金庸笔下小而再小的桃花岛，孤绝，清极。

>>>
海棠花

六、海棠的文艺血统和娱乐精神

因为一直中意那句“月朦胧，鸟朦胧，帘卷海棠红”，海棠便成了文学春梦里难以遣散的一片情愫。到真正接触后，方知海棠这名字实在太混乱，有西府海棠、垂丝海棠、贴梗海棠、木瓜海棠、四季海棠，还有虎耳海棠、玻璃海棠……乔木的，灌木的，草本的，木本的，能把你头搞晕。大家托名同海棠，但“海棠”并非一种确定的花卉，只是收容了不同科或属撞名者的一个俗称，它们之间有的甚至没有一点血缘关联。

立于古人帘外幽月下的，当然是西府海棠了。西府海棠因晋朝时生长于西府而得名，集梅、柳优点于一身，是老资格的传统名花。一般的海棠花无香味，只有西府海棠才芳香妩媚兼具，未开时，花蕾红艳，似胭脂点点，开后则渐变粉红，犹如晓天明霞。东坡为大文豪，赋诗比兴自是奇崛：“只恐夜深花睡去，故烧高烛照红妆。”与其同时代诗人宋代刘子翠的描绘，则款款曲曲深情萦绕：“幽姿淑态弄春晴，梅借风流柳借轻；几经夜雨香犹在，染尽胭脂画不成。”风流皇帝唐玄宗将沉睡的杨贵妃比作海棠，虽是美人芳华，却总是让人感觉于海棠有亵。

我居住的小区里有很多垂丝海棠，都是一人多高的小乔木，三月中旬，花叶同放，一簇叶包着一簇长梗花序，花色红粉相间，也有猩红或橘红的……花团锦簇，现世繁荣，仿佛所有的春色都蜂拥而至，坠得花枝都下弯了。但我以为，那些长梗花苞带着顶尖一抹嫣红从叶簇里垂下，将放未放的时候，才是最好看动人。

无论西府海棠还是垂丝海棠，任是风情万种，春色撩人，却都不及四季海棠这个大众的俗称传名广远。既然叫了四季海棠，便是一年四季都开花不断吧？别人曾送过我一盆叶色油绿光亮、比手掌大不了多少的四季海棠，养了一月，夏秋交季的时候，陆续开出一朵朵玲珑娇艳的小红花来。我的一个邻居看到了，却硬说它叫“秋海棠”。上网一查，四季海棠果然就是归属在秋海棠名下……真让人有些发晕，应该是“四季”包容覆盖“秋”呵。这只能说，相对于“海棠”这种本就难以确定名称和归属的植物，所谓“四季”，也就是对应纷纭俗世的模糊记忆吧。秋去冬来，虽再未见着花，我仍将那盆秋海棠摆放案头，为室内延留一脉花季念想。

有野生的秋海棠，性喜温暖阴湿，在溪涧灌丛或浓荫匝地的大树底下时有所见。它们叶子底部通常都有裸露的红色根茎，这样容易从珍稀阳光里截留光和热，以转换成生长所需的养分。那次到太平湖，住宿桃花潭大坝边。宾馆外就是山崖，滴水的石壁上，延卧着几小丛红色肉质根茎植物，一排汤勺大的叶像是持盾那样侧立，细长的红杆花莛上高举数朵淡红小花……我怀疑这可能是野生秋海棠，当时拍了照，回家后上网一查，果然就是，叫盾叶秋海棠。

秋海棠之声名大播，在一定程度上是得益于“鸳鸯蝴蝶派”大佬秦瘦鸥于上世纪二十年代创作的同名

<<<
海棠花

小说。这部曾被冠以“民国第一言情小说”的《秋海棠》，讲述了被军阀毁容的京剧花旦秋海棠走投无路而自杀的悲惨人生，又称作旧上海“第一悲剧”。很是怀念那个1985龚雪版电视剧……要感谢龚雪，这个难得一见的美人，演绎了罗湘绮，也演绎了经典，一世欢颜里的秋风凄雨，便是她开不败的满树繁花。

早先我一直以为秋海棠是大树，长在深院，繁枝垂于水池一角……月移风动，隔着一帘窗，一切皆恍然如梦。

>>>
兰花

七、山中访幽兰

“我从山中来，带着兰花草。种在小园中，希望花开早……”20世纪80年代，一首旋律优美、溢满浓浓乡愁的台湾校园歌曲《兰花草》被人到处传唱，风靡一时。其歌词，乃是胡适写于1921年的白话小诗《希望》。

数年前一个春风和煦的日子里，我们驱车出绩溪，一大早就到了上庄。胡适故居门扉紧闭。因为我们到访，执管钥匙的胡氏族人被找来，大门方才开启。故居亦称“纪念馆”，牌子存放室内，我们要拍照留念时，才挂了起来，据称是正式批文尚未拿到手。也难怪，对于一直处在是是非非漩涡中的胡适来说，究竟给个什么样面具才适合他哩？

看完那些老屋和老屋里的字画出来，时间尚早。有人提议顺道上山走走，因为这是胡博士老家的山，九十年前的兰花草应是馨香如初。抬眼望去，远近都是重重叠叠的山，树色葱茏，云缭雾绕，南为竦岭，北面最高的是竹竿尖山。想当年，那个十三四岁的文弱少年离家赴沪求学，该要走多少天才能走出这些大山啊。

我们上了东南处一座稍平缓的矮山，春天的和风撩人衣角。沿着蜿蜒曲折的山道边走边看，茶树浓绿，竹海起伏，鸟鸣盈耳，漫山遍野的红杜鹃、紫藤花、野樱桃花，还有一嘟噜一嘟噜的龙爪花，开得让人心醉。

突然间，一阵似有似无的幽香飘来，是兰花……

真的是兰花！但要追着这细细一缕香味找到真身并不容易。当地文化部门一位官员告诉我们：隐身于茂林修竹下或溪流坎沿的兰花草，喜阴却又离不开阳，多是长在东北或东南山坡，太阳初升，有晨雾阻挡，阳光柔和，长得才好，太暗或太多阳光直射的林地则分布较少。早先，兰花草随处可见，谁也不会挖去卖钱，结的蒴果成熟后种子随风飘散，所以石缝岩壁甚至是树洞里也有兰叶披拂，有花莛伸出。每年的这个时候，山山岭岭都被兰草花香熏透了，大家连根带土挖回几蔸，养在院子里，有时干脆掐回整把的花葶插在罐头瓶中，满院满室浓香扑鼻……听了这些话，我忽然明白了为什么在徽派建筑的雕花栏板上，会有那么多平底浮雕的兰花草图案。

四月的山野，潮润湿滑，脚下并不好走。香气越来越浓郁，我们终于在一处灌木丛遮蔽的岩石边找到了兰花草，一共两株，都开着花，花莛高擎，瓣形飘逸舒展……数十茎光滑深绿的叶，叶质滋润，细长而简练。众人皆曰是难得一遇的好兰，但谁也没提要将其掘为己有。兰是空谷幽物，或被誉为“空谷佳人”，得的是天地自然之气，一旦栽入盆中，变为玩物，就失去了山野的姿趣与灵性。

一年一度春风晓，一思一梦兰草香。还记得那年暮春，我们晚报副刊部在南陵小格里林场召开笔会期间，一大批人上了山，闻香寻兰……石罅里倒真的有许多像兰叶的草，但那是野百合。结果，在挂着一线

<<<
兰花

细流的陡峭岩壁下找到了一株兰花，是那样孤独而宁静，高洁而优雅，莛上的花已不再挺翘如翼，垂曳而下的风姿，让人想到初开时飘然仙子般的惊世美貌……大家怦然心动，行注目礼，说话都压低嗓子，生怕惊动了什么。

许多芜湖人偏爱“汀溪兰香”绿茶的品质，这跟产茶地优越的自然环境有直接的关系。皖南泾县一片次生林西侧，湿润，弱光，土肥，因为遍地生兰，花香逸熏，所产茶叶才味厚鲜醇。冲泡时，水刚入杯，就有一股幽幽兰花香飘散开来。还有产自太平湖畔的“猴魁”茶，也是因为与兰伴生，才成就了卓越的品牌。一杯上好“猴魁”，冲泡五六次，喝完了，杯冷了，一缕冷香犹常驻不散。到产茶区访兰，很容易就有惊艳之遇，正所谓“深山有佳人，遗世而独立；一顾倾人城，再顾倾人国”……

兰花姿色俊秀，吐芳清雅高洁，孔老夫子所谓“芝兰生于深谷，不以无人而不芳”，这与中国古代知识分子洁身自好、清逸流芳、甘于寂寞的心态正相吻合，所以只要提到兰，便成君子的化身。郑板桥笔下画得最多的，除了骨骼清奇的竹，就是兰草春风。

然而，近年来，在利益的驱使下，大量的兰被滥挖滥刨，让山谷中自由绽放的野生兰花陷入绝境。每年春天，整筐整蛇皮袋出现在花市上的刚刚打苞的兰花草从何而来？花贩们直言从山上挖来的，并翻出根上宿土以证实。这确实都是从山上挖来的，但被移植暂养了一段时日，称作“下山草”，然后再起出来出售的。一株普通的兰，报价在十几元到几十元，好一点的要上百元，极品和珍品的价格就无法说了。为了能在山中找到一株稀有品相的兰，有人甚至卷地毯式搜索，挖兰不止。

幽谷已无野生兰，既是兰之殇，更是时之痛。

要是胡博士再去山上踏青，还能怡然自吟“我从山中来，带着兰花草”么……

<<<

兰花

>>>
琼花

八、隋炀帝到死都没看成的琼花

在北京待了一个月，四月上旬回到芜湖，发现小区里琼花已开得团团簇簇，好似隆冬瑞雪覆盖，流光溢彩，璀璨晶莹。数日后，又在邻近住宅区发现几处盛开的琼花，看那花树规模也不小，肯定是一个春天又一个春天开过来，以前咋没注意到哩？真要感谢花们的杰出表现，让人知晓了它们的身世，如果没有花开，不知有多少草木被我们轻易忽略了。当我把琼花消息告诉给北京一个朋友，他正在网上，鼠标一动，就看到了琼花卓尔不群的风姿。连说喜欢这花，如此清雅，南方真好，不像北方只开雪花。

早先没见过琼花，只在寒冬雪积枝头时赞之“玉树琼花”，而并不知晓自然界真有一种花叫琼花。琼者，美玉也，大团绽开的琼花，的确如美玉琢成，晶莹，圆润，细腻，纯正，隐隐透着淡青的光泽……尤其是盛花时节，整棵树从上到下都缀满白花，清风吹拂，粉团颤摇，催动阵阵芳香，宛如花仙翩翩袅袅，美得透心透肺！

琼花之美，美在它那与众不同的花形。既可开满一树雪团般的无蕊白花，而在另一些枝头则又擎出盘状聚伞花序：外围八朵五瓣辐状花，环绕着中央数十玲珑花蕊——实则是尚未开放的两性小花，一起汇成一个大玉盘……若将中间平坦处当成桌面，就是“八位仙子”围坐品茗聚谈了，所以才又被喊做“聚八仙”。“千点真珠擎素蕊，一环明月破香葩”，喜欢这花，除了不同时期有不同的特质和精彩外，更感觉它

<<<
琼花

是有心有情之物。

琼花偏爱扬州，扬州琼花天下无双，有“维扬一株花，四海无同类”之说。烟花三月的扬州，就成了许多人流连忘返的地方。琼花开，春梦醇，好诗好文都飘浮在扬州。琼花成了扬州的市花。摄影家林仙儿告诉我，她专为拍琼花赶到扬州，是追梦，也是追诗……就像春天少不了花开一样，烟雨维扬，最是少不了诗文才华和绰约风姿。扬州看琼花，最好的去处莫过于万花园。大明寺内则有一棵清朝康熙年间的琼花，三百多年的光景，全都郁聚在现世的繁盛里，值得专门拜访。真要碰上飘雨的天气，就去瘦西湖边租一条小船，绕湖岸边，白花团簇……繁花似锦的烟雨江南，看不尽的清秀婉丽！

当年隋炀帝为了能到扬州看琼花，专门开凿了京杭大运河。运河项目竣工，隋炀帝坐上龙船喜滋滋往扬州而去，无奈没有眼缘，将要抵达时，突然风雨大作，冰雹从天上狂降，把琼花都给砸烂了。接着，各地农民起义大爆发，隋朝立马崩溃，无限江山眨眼间就没了。可叹风流皇帝，倾尽奢华只为看花，花没看成，却把命葬送在扬州……从那以后，扬州古城几盛几衰，又都是与琼花的起起落落紧密连在一起，可谓历尽悲欢离合。颇富传奇色彩的传说，无疑为琼花增添了别一分迷人风韵。

好花，好水，好故事。瘦西湖边的花影，一齐都倒映在水里……如梦如幻的景象，看久了，有一种迷离。

>>>
百合花

九、野百合也有春天

在大自然中，野百合永远是寂寞的。

野百合生长在山坡杂草丛或荆棘丛中，细长的枝干上，整齐有序地长着一排浓翠似竹的叶子，一两朵洁白无瑕的花儿，那么娴静地开放……喇叭状花筒翘着，绿色的花蕊像触须那样伸出，没有风来，它们就一动不动，仿佛停留在时光之外。有些少土的石缝里，野百合的鳞茎露在外面，竟也能开出那么完美无缺的花来，强韧的生命力，令人称奇。

早先，山上野百合可真多。三四十年前，我在南陵县东乡一个叫石铺的地方当赤脚医生时，经常去泾县大山里采挖中草药。只要是在春天里进山，总能看到那些静静绽放着的野百合。玉白的花儿，被层层相叠的绿叶衬托得分外娇柔，不食人间烟火般的美丽而纯洁……即使是过了野百合开花的季节，我们挖黄精挖何首乌时，刨出的泥土里常会带出野百合白嫩的根茎，整体形状像一枚龇裂的大蒜，有时不小心刨碎了，白瓣散落，犹如落英委地。百合本身就是一味清心润肺的滋补药材，挖出洗尽之后，鳞茎洁白如银，一瓣瓣，一圈圈，更似一朵初开的白莲。有时逢上干粮罄尽，就将它们投进火堆里烤出香味来，一瓣一瓣地掰开，舀一搪瓷抽缸山溪水，连嚼带饮，腹中虽只填个半饱，精气神却是大长。

“山丹丹开花红艳艳”，“山丹丹”就是陕北山野里一种朱红或橘红的野百合，别名红百合。据说，北方的野百合，花瓣多是细长反卷，色彩艳丽，春末夏初开放时，漫山遍野一片赤艳。而在江南山野里见到的百合，都是开纯白的花。

一般情况下，每株野百合只开一两朵花。然而，我在游太平湖时，从一个小岛上用树枝掘起一株野百合，根茎俱在，扁扁的像一只大柿子，半人多高的绿叶青干，挺翘着五个花苞，上船时不小心碰断了一个。那一年初夏，在石台牯牛降参加省里报纸副刊会，我们几个人瞅了个空钻进山林里寻兰花草，却找到一株野百合，修挺颀长的碧干上，居然挂着七朵白花……可惜，最先开出的几朵，已半俯微垂，瓣尖黄卷怕是一碰就掉了。

百合看似娇柔，却挺好养的。在花店里买的百合，花开败了，找处院角挖个坑，连盆放入，秋冬老杆枯死，春天再萌新枝，至花苞成形又可刨出搬回家中。一个朋友从徽州老家带回两枚野百合的鳞茎，埋在小区的花坛里。半年后，有一对绿茎长出来，到夏天，就双双开花了。有一次，为了观察一只在高枝上啼鸣的黄鸟，我跳进一个废弃的大院，竟然在没膝的荒草中看到一片盛开的白花。不知道这里当年是有过一片花畦哩，还是有人将开过花的百合枯茎随手扔到这里而衍化出这一片凄美景色……高树鸟啼，幽幽远远。那地方很快就要开发，这些恬静地开着的花儿，肯定回不到它们该去的地方了。

<<<
百合花

>>>
二月兰

十、省识春风二月兰

京城多二月兰，无论在天坛在燕园还是在朝阳公园，都能见到这种紫白相间的花儿，有种在花坛里的，有散落野生的。五环六环之外，水景渠边，林子下，二月兰更是开得淋漓尽致，紫莹莹的一片。还有高速路两边也有，虽然一晃而过，但那绵延相随的迷人紫色，真的是蔚为壮观……在我的印象里，盛开的二月兰就是北国的风景了。

朋友的女儿在南京理工大学读研，听她说起南理工水杉林中的二月兰，俨然已成南京民选的“十大春景”之一，学子们还给那片二月兰花海起了一个“梦幻地毯”的浪漫名字。两年前，这片盛妆的二月兰，甚至还登上了南京 2014 年青奥会“最南京”系列邮资明信片。

今年二月下旬，我去南京梅花山看梅花，在梅花谷园路两侧，还有明孝陵的墙根下，就有许多二月兰悄然绽放。东一簇，西一丛，迷离诱人。离开梅花山，又去了南京理工大学。从 2 号门进入校园，二月兰的倩影已经随处可见。不久，就看到高大的水杉林间，二月兰满满地簇拥在树下，仿佛是一片紫色花海，又像起了一层淡紫色的雾……南理工的二月兰，果然名不虚传。特别是在紫霞湖，路的两边都被二月兰罩满了，灿烂的春阳下，白蝶在花间扑闪，分不清哪是花，哪是蝶。赏花的，拍照的，都是女比男多，漫步其间，衣香人语，浓浓春意里，尽是现世繁华。

那年春天，我和妻子去朋友家吃饭，第一次认识了二月兰。当年我们在西河古镇教书时，朋友是镇上的广播员，也是镇上出了名的美人，后来她走出来了，凭着优越的自身条件，做过工厂政工科长，又开过酒店。赋闲在家时，将一楼的花园和鱼池打理得生机盎然，花草生色，锦鳞悠游，让我们每次去都钦羡不已。就是在她家花园观景亭旁边，我初识一丛花草，盈尺绿叶之上开着浅紫色小花，花瓣倒卵形，成十字排列，散发出淡淡清香……朋友告诉了我一个早就心仪的名字：二月兰。

二月兰，不仅仅是观赏植物，还是易获的野菜，嫩绿的茎叶，做汤和凉拌味道都不错。但凡野菜，通常是以一种草根阶层的姿态出现在人们的视野里，但只要听说了二月兰还另有一个响亮的名字“诸葛菜”，就知道其与传奇续上了缘。相传，诸葛亮当年屯兵时，一度断了军粮，这可是要命的事……诸葛亮一边设法安抚军心，一边悄悄潜出寻找可以代食的东西，结果发现了一种既能填肚且又量多易获的野菜，危机度过，“诸葛菜”的名字就流传开了。其实，春风一度的二月兰，深浅相宜，芳华自许，完全不必借别人的大名来让自己获得上位的机会。

今年春天去京城前，我在芜湖找到几处二月兰，虽只是很不起眼的几小丛，刚透出花苞，却也让人看着心动……想到数年前第一次在朋友家花园里认识二月兰的情景，心里竟是一阵黯然，因为朋友已在去年

<<<
二月兰

冬天去世了。她两年前就查出肿瘤，手术失败，当年明眸皓齿的人，熬到油尽灯残才撒手而去。出殡那天，我在省城参加一个会，打电话让妻子代我送她的。

一个人走了，一个花园也落下了帷幕……

>>>
广玉兰

十一、朱颜辞镜花辞树

一直以为，在那些古宅深院里，除了桂树，枝干敷苔的广玉兰一定是要有的。曲水春风，古木盘空，才子佳人坐在树下，品茗，拉呱，或是抚一支箫……花影斑驳，筛一缕阳光，斜照在老豁的砖墙上，意境，便都有了。

扬州个园，在宜雨轩与抱山楼之间的荷池东侧，就有一株数丈高的广玉兰，下有六角飞檐小亭，两边抱柱上书写着不知是什么人做的楹联：何处箫声醉倚春风弄明月，几痕波影斜撑老树护幽亭。借这样一株老树，抒人生之幽情……箫声波影，曲栏明月，倒是将个园声色风情演绎得无与伦比。

春夏之交的时候，即便是寻常的院落，也很安静，静的深处，几株广玉兰开着满树硕大的花，朵朵都有碗大，一圈六瓣，中有蕊座和紫色花丝，所以又被称作木莲或荷花玉兰。花朵们真是尽心尽力，不放过每一个开放的机会……那些纺锤形花苞，露着前面小半的白，然后，便像铆足了劲一般，在某一个早晨或是黄昏，突然绽开，过程之快，看了心惊。清早，从树下朝上望，树高，叶子一层层，下面肥硕的白花能看周全，再往上，只有叶间漏出的一片片白了。风过，花树摇动，有露珠或是宿雨点点落下……

20世纪90年代，我住在芜湖县县委宿舍，一墙之隔的县委党校那边院子里，有十多棵两层楼高的广玉兰，密密实实一片浓荫。五六月时，南风悠悠吹拂，便开满了大朵大朵的白花。双休日在家埋首案牍，偶一抬头，楼窗外树青花白，确令人耳目一新。在以后的日子里，白衣渐失，容颜暗转，有花瓣斜斜依附在花托上……夜阑人静时躺床上，会听花瓣离枝落地“啪哒”一下、又“啪哒”一下沉甸甸声响。早上起来看，在原来花朵挺立的枝梢处，突兀出一根笔直粗壮的花柱。

三年前一场病，让我住进了市一院的干部内科病房，绿树掩映中一栋二层小洋楼。心脏代偿功能不全，感觉不到有多难受，难得几天清闲，只觉眼中风景是异常地好。病区里的木地板、百叶窗，还有那些带异国风味的券门檐廊，让人心里特别安宁。主教楼南边一溜十多棵广玉兰，快有百岁高龄了，枝繁叶茂，浓荫匝地，树上花苞陆续开放，清风徐来，尤是馨香沁人。我每天下午拔了吊水的针头，就要到那下面走走。

一个戴眼镜的有几分瘦弱的少年也到树下走动，他是对面病房的一个病友，即将参加高考，却患上肺炎。我们交谈过，感觉那孩子禀赋不错，甚至同他清秀外貌一样染着点多愁善感的文艺并发症。他说校园里也有几棵绿荫深深的广玉兰，那天，班主任老师指着窗外对他们说，广玉兰开花时，你们就要毕业离开校园就要说再见了……今见花开，颇有所感，而他的同学正等着他回去召开最后一届班会齐唱《毕业歌》哩。

出院那天，下了一夜的雨，上午办完手续，我打着伞站在湿漉漉的树下，竟有着几分离别的不舍。清新的香气，盈满胸腔，粉白的花瓣被雨水冲刷了一夜，愈发净洁，风雨并没有摧残它们的美丽。

南陵县中学“郁青楼”旁，原有一方清水荷塘，塘沿边也长着两排高大的广玉兰，遮天蔽日，各种小鸟在浓密的枝叶间啁啾啼鸣，伴着琅琅书声，玉兰落尽莲花开。我妻子的姨母曾是这所中学首屈一指的元老，一辈子独身未婚，全部精力都献给了教育事业，学生分布海内外，有学者、教授、作家、翻译家，有两弹一星专家及清华大学领导层人物，她叫黄浣莲——浣洗莲花，这是一个江南女子最诗意动人的名字。南陵中学前身是“郁青中学”，据说，那批广玉兰树，就是黄老师那一代人在抗战胜利后学校由山区迁回时植下的。听别人描绘，那时的黄老师，穿着旗袍，常常捧着教科书和厚厚一叠作业簿还有粉笔盒，踩着铃声和满地落花，从那两排广玉兰树下走过。说来令人难以置信，她竟然是因为舍不下自己学生而割断了南去广州的一段恋情……花开花落，春去春又来，在美丽的校园里，她就这样无怨无悔目无旁及地走了好几十年，直到原先轻盈的步履一天天迟缓蹒跚起来。

妻子也是从南陵中学毕业的，每年广玉兰开花的时候，总会想起她的母校，她的老师，还有她同逝去的姨母共同住过的券门檐廊老宅。可是，数轮城镇建设，这所老校早已改造得面目全非，高中部迁往新区，仅留下初中部，那么多老建筑老景观都没有了。去年初夏的一个傍晚，妻子还让我陪她寻觅那些广玉兰原址。我不知道这能寻觅到什么？

没料到，站在曾经的“郁青楼”前，竟然出现了幻视——其时，云霞刚刚溶开一块蓝天的缺口，金红的光影散向无边的黄昏，我又一次看到了那些浓荫匝地的大树，开满白花，一个捧着教科书和厚厚一叠作业簿还有粉笔盒的旗袍身影，正从树下走过。岁月惊心……刹那间的忡怔里，从天上到水面，记忆中所有白莲花瓣一起朝她涌去，那么美丽，那么肃穆而圣洁。

<<<

广玉兰

>>>
鸢尾花

十二、鸢尾花的明月二三事

那次，我到郊区一处水边拍摄紫豌豆花，顺带看望在苇丛里安家的一对秧鸡夫妻，天气早已转暖，它们应该抓紧时机修理旧巢，准备生儿育女了。一个棒球帽舌反向朝后的黑衣男子坐在岸沿上画塘边石缝里的鸢尾花，他时而抬眼瞅瞅，时而低头在画板上涂涂抹抹。鸢尾花可能是最常被画家瞄上的花草，我不知道法国的梵谷当年是否也是这样坐在水边，画出了那幅著名的鸢尾花？五月初夏是属于鸢尾花的季节，那个幽静的水塘一角，飞满了梦一般的蓝蝴蝶……

其实，林子下面也能看到鸢尾花，在绿化景观地带，深宝蓝色鸢尾花和蓝黑相间的堇菜花交缠在一起，高低错杂，丰盈了情调。

我早年在青弋江边的古镇西河当老师时，居室的门外到窗下，就种着一丛肥绿的芭蕉和桌面大一块地的鸢尾。靠近路口一侧鸢尾总是被人踩得头歪肢断，嵌叠状的叶鞘成了一小截根桩。但每到春天，还是有三两枝花从残躯中冒出，虽然窜不高，深蓝而蓬松的花序却是一样的飘逸美丽，在擦过墙根的风里招摇，衬着背景中的红砖墙，很好看。我那尚未及上幼儿园的小儿，用小手搬来砖头码在外面，挡住不让人踩踏，逢上飘雨的天气，就用纸盒子搭出遮盖的小屋，不让花儿给淋哭。

鸢尾植株有粗壮侧歪的匍匐状根茎，叶形如剑，有点像菖蒲但不及菖蒲硬挺。扁扁的基部为鞘状叶片所包，层层嵌叠，这倒是跟射干难以分辨，不过射干花茎高，开出有麻点的橙红六瓣花会将身份暴露。鸢尾花茎不比竖起的筷子高多少，从叶中抽出，由二个苞片组成的佛焰苞，膜质，披针形，边缘红紫，着花一二朵，风姿伶伶。不过鸢尾花也有不尽如人意处，就是没有香味，其宽卵形花瓣太软，不够挺，虽能在风里荡荡的弯曲成优美的弧度，但遇上刮大风和下雨就惨了。

我在杭州林隐寺看到许多开白花的鸢尾，花大，如白鸟群飞起舞……至于开黄花的鸢尾，却一直未曾亲见，还是同住一小区曾做过园艺的林仙儿告诉说，小区的水塘里就有。那个黄昏散步时，我特意赶去探访，果然在栈桥边看到几处正开的黄花。那是一点不带虚构的挺水植物，绿叶修长，身形扁侧，尽管下半截浸在水中，还是比在岸上开蓝花的同类要超出好几倍，足有一米多高，每枝花茎上端都分出数小叉，各着黄花一朵。其六片灿黄花瓣中，只有裂大外弯的三片是真的，瓣根部隐约可见一圈散射状条纹或斑点，仿若飞鹰的尾翼；另外舌状硬羽片的三小瓣，只是花萼——生长时保护花蕾的，因为颜色及姿态都美丽，假戏真唱，也被当做是花瓣了。或许是不堪重负，那些花枝包括孕穗都是垂弯的，多少有点影响了美观。不过，这样的临水姿态，倒是很适合月亮升起的晚上来看，在一片楼台月影里，会有朦胧诗一样的感觉漫漶开来。

“我的忧伤因为你的照耀/ 升起一圈淡淡的光

轮”——很自然地就想起了舒婷《会唱歌的鸢尾花》，这也是当年极受我们追捧的“朦胧诗”典范之作，我到现在还能背出开头部分：“在你的胸前 /我已变成会唱歌的鸢尾花 /你呼吸的轻风吹动我 /在一片叮当响的月光下 /用你宽宽的手掌 /暂时 /覆盖我吧……”鸢尾花轻吟浅唱，情人气息吹动，月光叮当作响，造成一幅婉转流动的优美画面。

但为什么是鸢尾花哩，而不是别的混得眼熟的常见花卉？对于1981年的舒婷来说，这也是历史选择了她，让她挺身而出，细腻而深刻地体悟爱情与苦难，用浸润在温婉中淡淡的忧伤，来区别于顾城、北岛们那种先锋性的叛逆……我那时也是写朦胧诗的，对光明世界有着强烈渴求，作品打入过《诗歌报》和《星星》诗刊。我们善于通过一系列琐碎的意象来含蓄而坚定地表达自己的意志，开拓了现代意象诗的新天地，新空间……若干年后，当我守在收音机旁，听完丁建华和乔榛激情朗诵《会唱歌的鸢尾花》，竟然有一种要流泪的冲动：

“和鸽子一起来找我吧/在早晨来找我/你会从人们的爱情里/找到我/找到你的/会唱歌的鸢尾花……”

>>>
油菜花

十三、油菜花　乡野上最华丽的落幕

桃花红梨花白的时候，油菜花也开了。明媚的春阳下，齐腰高的花儿，朵朵齐聚，簇簇成枝，那是一种精力饱蓄而酣畅的颜色，一片非常纯粹的弥眼金黄！浓郁的花香渗入空气，随风飘散在旷野间、村庄里、柳梢头，引来蜜蜂嘤嘤嗡嗡地忙碌，大大小小的蝴蝶飞来飞去。

油菜，十字花科芸薹属，叶大，浓绿，四片小小的花瓣质如宣纸。油菜花所以能扬名，靠的就是那根薹，薹是安身立命的茎，也是输送营养的通道，植物学上把这个部位叫莛，承载开花结果、延续子孙的重任。油菜花的特点是气场大，人多势众汇聚一起，一望无际的金黄像海洋一样壮阔，令人叹为观止。除了放蜂人，摄影爱好者也喜欢它们铺天盖地、汹涌澎湃的黄……每到花期，徽州的山山岭岭就聚集了从全国各地蜂拥而至的赏花人。

十多年前第一次上齐云山，别人看道教胜迹，看丹霞地貌，我却立身山巅俯瞰那层层梯田上盛放的油菜花。一道道华丽的金线，一块块明艳艳的黄毡，间杂着郁郁青葱的麦苗，让你觉得自己仿佛是停留在时光之外。极目朝下看，山脚下的花田连成一片，又被弯曲的河流切割成奇妙的图形……村落点点，水塘棋布，衬托着远山近岭愈发青翠。

人们说，最美丽的油菜花在婺源。清明前后走进婺源，漫山遍野的红杜鹃，传入耳中是杜鹃鸟悠长啼鸣。盛开的油菜花铺在一块块错落有致的农田上，有几何状的，有随意成形的，显得异常斑斓。斜阳炊烟，老房古树，石桥流水，再加上山区任何时候都少不了的蓝天白云，真是无地不成景，无处不成画……徒步其间，感觉人在画中游。

近来人们又发现，看油菜花，山区梯田让人着迷，水乡更有韵味。

芜湖峨桥镇浮山东麓有一条山涧，雨季汇成瀑布，咚锵作响，像无数面金鼓擂响，山鸣谷应，故名“响水涧”。山脚下，水网密布，埂坝、小岛，还有掩映在稀树林里的白墙黛瓦的屋舍，皆似镶嵌在明镜般闪亮的水面上。春光催发数万亩油菜花开放，间杂着一块块青翠的麦苗田，就像一片片奇妙的彩绸漂浮在水上，美得让人窒息……到响水涧去看油菜花、拍油菜花，也就成了许多人追逐春天的梦想。有人说，“响水涧”就是安徽的婺源，其实，它和婺源是有本质区别的，因为婺源压根不具备这种水乡的灵动和韵味。

在早年，水乡的油菜花还曾引出过“菜花鲇鱼”的传说。鲇鱼头部扁阔，巨口半圆，又称“鲇胡狼子”，专以水中昆虫和小鱼虾填腹。每年油菜花开放时，风吹花落，花瓣逐水流入沟塘河汊，鲇鱼守在淌水口边，终夜饱食花瓣而醺醉，肚皮朝上漂浮水面……有月亮的晚上，人们手持捞网围着与油菜花田相邻的水域逡巡，看到水面上有物体白光一闪，眼疾手快，伸网就捞了上来。不仅是人，就连水乡的猫也深谙个中秘诀，油菜花飘香的那些日子里，所有人家

<<<
油菜花

的猫都去水塘边蹲守抓醉鬼去了。拜金黄醇香的油菜花所赐，这些鲇鱼体内腥浊之气尽去，经农家的板酱和水磨大椒烹出来，肉味特别细腻鲜美，我到现在每每想起，都食指大动……

>>>

紫云英

十四、一片紫云繁花都付与春泥

老家那里，紫云英被喊做“红花草”，顾名思义，就是“开红花的草”。暮春时开花的植物很多，但谁也没有紫云英那种花潮蔓延的气势。

如今，农民早已放弃传统“绿肥”改用高效化肥，紫云英在广袤田野上大片盛开的壮观景象再也看不到了。偶尔见到野生的红花草零星散布田间地头，仿佛老农们忽然絮叨起那时土壤如何肥沃松爽的怀旧话题。上世纪六七十年代，农村还是集体经济，早春，没有哪一块田不是青绿的。鲜碧肥嫩的草儿茎茎相缠，叶叶相连，长到小腿肚子高了，每个节上都有细茎擎起一枝雪青色花蕾，淡淡地绽出，慢慢地变红变紫。到了四月中下旬，进入盛花期，满田畈一片红潮翻涌……你不知道有多少紫红花儿密密麻麻地挨着挤着，宛如一望无际的花毯，围绕着村林和水塘，直铺到遥远的山脚下。

紫云英的花甚是养眼好看，一朵一朵伞状花序，紫红与淡白相间，美艳而清纯，被碧梗托着，高出绿叶间，微风吹拂，弥眼的花儿齐齐地摇曳着，难怪还有一个古色古香又别致生动的名字叫“翘摇”。就连细叶也可爱，羽状，圆溜溜的，一片一片整齐地排在叶梗两边，显得从容安宁……在这样一片紫色花海里，村庄像一艘远行的船。傍晚，荷锄而归的农人牵牛走在花海间弯弯曲曲的小路上，有一种属于他们的确定的期盼和温暖。

早饭过后，天空明净瓦蓝，阳光照在繁花盛开的田野上，蒸起薄纱一样的绛紫水汽。蝴蝶曼舞，蜜蜂嗡嗡，透明的翅翼闪着迷幻的光彩。养蜂人运来的蜂箱堆码在路边或平坦地头，还有帐篷也搭在那里，他们在蜜箱边忙碌着，把那些密密麻麻的长方形木格子倒来倒去，摇出花蜜，一点儿都不怕被蜂蜇到。孩子们放学后，一窝蜂地涌到田里，仰面朝天躺成一排，打滚，翻跟头，或是练摔跤。女孩们折来一拃长带花的梗，从中间掐出一道缝，再将另一枝花梗穿进去……一节连一节，串出长长的花链子，编成花冠戴头上，或绕颈数圈再挂坠胸前，跑起来风里荡荡的。

这种热闹，这种美艳，宛如故事高潮到来时的谢幕……因为紫云英花开灿烂，也就意味着生命走到了终点。在最辉煌时陨落，是紫云英的使命，也是所有绿肥的宿命。淙淙水流由沟渠挖开的缺口欢畅地奔向田里，紫云英被冲得左右摇摆，很快水就淹没了腰。扛着犁的农人们牵来牛，开始了春天里的第一场耕耘。一天下来，大片大片缤纷的紫云英已被犁翻在泥水中……有几簇紫红的花在被掀起的泥块上努力抬起头，望着蓝莹莹的天空，像是作最后的告别。相邻的田块依然繁花似锦，衬着这厢里散乱零落，却也浑然和谐。有休憩放缰的牛儿在繁花间随意啃食，空气中溢满泥土微苦的清香……

紫云英的种子甚小，腰子形，光滑，黄绿色。每年深秋，这些细扁的种子被撒进泥土，等到晚稻收割后，潮润的田野里就茸茸浅绿。熬过了冬霜雨雪，细叶渐渐肥绿亮润起来，把一块一块的田地盖严实。紫云英嫩头也是一道野蔬，放点黄酒、蒜末大火爆炒，一盘鲜碧，清芬爽口。有一种不在籍的野生紫云英，贴地生长，瘦小韧细却生命力极强，在荒坡堤脚或水湄湿地，撑着一把把紫赤嫣红的小伞，就像是一片烁亮流星雨撒落在草间。

我是 1977 年秋天参加高考的，那时，对一切都懵然无知，仗着写过长篇小说和电影剧本，一心只想上北大中文系……谁知造化弄人，直到次年紫云英开花如织锦的四月天，才作为数学几近零分的“大学漏子”接到芜湖师专补录的入学通知书。那个傍晚，早早收工的我没有回知青屋，而是仰面躺倒在一片炫目花海中。西天暮云燃烧，亦如花海红潮，四野异常安静，那些嗡嗡的蜜蜂都不见了，我却要作出艰难抉择：北大的梦，做还是不做？天，一点点黑透了，夜鸟在看不见的地方尖叫了两声，仿佛是一种启示，我撑起身对自己说，先接受现实吧……决心下定，顿时就有泥土微苦的清香从四面拢来，被我深深吸入肺腑中。

>>>
蔷薇花

十五、东风识得蔷薇妆

在花店里，我至今仍区分不了月季与玫瑰，它们叶缘都有锯齿，柄杆上刺可能已被人刮净。其实，这两姐妹花，你中有我，我中有你，很难三言两语扯清。但两姐妹身份落差却很大：玫瑰洋气，近年来又成了身价大涨的情人节花；月季虽在十大名花之列，奈何却有个庞大家族拖累而更具世俗味。

别看花光灼灼的月季在今日城市街心公园里如何姹紫嫣红，占尽风流，可是你只需听到至今仍有人喊她那个乡土气十足的"月月红"乳名，就知道她有着太多的乡村穷亲戚。"月月红"，月季的一个变种，嫩茎红，细瘦，小叶薄而带紫，花深红热烈。过去乡下人多用其作菜园篱笆，唯三五年一过，花形变小，花色趋向沉寂平庸，刺条倒是更繁密了，挡住猪和鸡不敢钻空子。

月季与玫瑰都出自蔷薇科。蔷薇是一个势力很大的族群，许多我们耳熟能详的植物都是这一族群的，如桃李杏，樱花，碧桃，海棠，榆叶梅，木本、草本和牵藤子的都有。而蔷薇本身就是一种观赏花，很容易与月季撞脸搞混了。地头沟坎下，还有荒山野岭常见的野蔷薇，长长的藤条很容易就把一些低矮灌木欺到了身下，在高处开满粉红淡白的花，甚是迷人。

五月蔷薇处处花，尽是东风女儿魂。蔷薇同月季的区别在于：月季花大，单花顶生，重瓣华丽，更有金黄花蕊，光华闪烁，犹似那些成功进入上流社会的讲究保养的优雅女士。蔷薇花小，多花簇生，芳香清冽，繁枝能攀援，所以古人才能将花儿种得满架满墙头，开放时犹似一堆锦被彤云。特别是那种一蓓多花、娇小而别致的“十姊妹”，盛开时必然是花团锦簇，一朵压着一朵，令你怦然心动。“袅袅婷婷倚粉墙，花花叶叶映斜阳；谁家姊妹天生就，嫁得东风一样妆。”可惜，桃雨飘脂，梨云坠粉，这些昔日相依相偎又呼为“粉团蔷薇”的姐妹们，今天都已嫁作民妇了，犹如一吟三叹之章台柳——纵使长条似旧时，亦应攀折他人手。

老家有一种“七姊妹”，花开七瓣，盏状，颜色粉红，也没有重重叠叠聚伞花序，犹似淡扫峨眉，显得很清宁。听大人们说，女孩子不能玩这种花，不然以后要连生七个女儿。我的外婆没能为我生养舅舅，要不是有两个早早夭折，膝下刚好就是七个女儿，她在篱边种了一辈子“七姊妹”花。

“有情芍药含春泪，无力蔷薇卧晓枝”。古人诗词中难觅月季，频频能见着的只有蔷薇，如杨万里那句“水晶帘动微风起，满架蔷薇一院香”，还有“百丈蔷薇枝，缭绕成洞房。香云落衣袂，一月留余香”。

庭院之外的野蔷薇花——我们喊“蔷莓刺花”，单瓣上稍带一抹轻红，飘英委地时一片纯白。更有一种叫“十里香”的野蔷薇，花甚小，却芳香浓烈，熏透山野，可以浸酒窨茶。野蔷薇刚从土里钻出的嫩茎能吃，童年里春天的我们，在原野上见到尺多长的“蔷莓刺薹”，会高兴地掐下，剥去鲜嫩的刺皮，翡翠样杆

<<<
蔷薇花

儿嚼在嘴里，丝丝沁凉的甜……即使现在于故乡见到叶梢微红的嫩茎，也仍然像孩子一样兴致盎然地掐下来，撕皮吃掉，让它到心底去重合童年的记忆。那时我们也常挖回这种野花栽在墙院旁，相信可以变成家花，听人说，只要大年三十晚上浇一勺肉汤在根下，慢慢地，它就会开出红花来。

早年读过巴乌斯托夫斯基的《金蔷薇》，一本文学论著，却写成了隽永的散文：巴黎清洁工人沙梅小时听老人说，谁有了金蔷薇谁就有了幸福。于是他积几十年光阴，从首饰作坊扫出的尘土里筛出沙金，打成一朵小小的金蔷薇，献给心爱的少女苏珊娜。其实，巴氏还写过一篇小说《野蔷薇》，说的是大学刚毕业的少女玛莎听从奶奶的话，怀着对不确定的未来的淡淡愁绪，坐船去伏尔加一个农场工作。途中，一位飞行员和她一同下船采摘野蔷薇。美丽的朝霞刚刚升起，草地上开满带露的野花，晨风轻拂，生机无限……自然之美谱成生命之诗，生活原来是如此美好！

然而，日本女诗人金子美铃笔下的野蔷薇，却让人愀然：“白色的花瓣／开在刺丛”，对应着生命中的寂寞和死亡。还有《遗忘的歌》和《阿婆的故事》，野蔷薇总是与荒山相伴，映照着人生的倥偬和心境的苍凉。歌德也写过一首《野蔷薇》：“少年看到一朵蔷薇／荒野的蔷薇／那样娇嫩而鲜艳……少年说我要采你／蔷薇说我要刺你／让你永不会忘记／我不愿被你采折……”正处于贫穷、孤独中的舒伯特看到这首诗，感慨之下，灵感大发，将之谱写为千古传诵的名曲。若干年后，台湾歌手赵传唱响一支歌，倾情怀念逝去的美好夏日时光里的蜜甜爱情，这支歌就叫《男孩看见野玫瑰》，歌里已不再有荒凉和孤寂的身影。需要说明的是，自然界根本没有野玫瑰的名分，这里的野玫瑰应该就是野蔷薇。

如今，蔷薇、月季和玫瑰，英语统称为 Rose，西方人已不再区分开这些姐妹花了。但我还是记住了一位老花工的话：长钩刺的是月季和蔷薇，玫瑰茎上密生锐刺，大，但无钩。

一向看不惯文坛小白脸的鲁迅，写过戟刺徐志摩等人的杂文名篇《无花的蔷薇》……蔷薇无花，只剩下刺，即为风骨耶？

<<<

蔷薇花

>>>
金樱子花

十六、金樱子 永远18岁

金樱子与开白花的野蔷薇非常像，花期也差不多，它们繁茂的枝条更粗壮坚韧，形似长藤，生满密刺，高出其他灌木许多，我们喊作“刺蓬子”，花就被喊成“刺花”。

三月末，四月初，树林里已是一片新绿。早晨的阳光星星点点散落下来，周围很静，只有小鸟唱着歌在头顶欢快地穿梭，跳跃。清新的空气里，弥漫着一股鲜嫩而纯真的草木的芬芳。林中草地上、小路边，盛开着一簇簇、一蓬蓬金樱子花，白色纤巧的花朵，被茂盛浓绿的野草和灌木簇拥着。林子的水塘岸边，也垂挂下一丛丛缀满白花的枝条，飘散着若有若无的阵阵清香，蜂吟蝶飞，一派祥和。

金樱子花比野蔷薇花大，结构非常精巧，金黄的雄蕊在花心外密密排列，呵护着中间浅绿的雌蕊，有着不尽的浓情蜜意……风吹枝摇，白绫般的花瓣一片一片飘下，落在长满绿草和泛着潮润水气的小路上，让你感觉那就是生命最真实质朴的美。金樱子花期不长，前后只有十来天。

像所有的野蔷薇一样，金樱子的枝条，特别是四向披散的小枝以及花柄上，全都长满扁而弯的皮刺，让你不敢贸然下手。野蔷薇结红豆一样的果，簇簇挺立在枝叶间，金樱子的果是微红或黄里带着红晕的，有普通红枣大，外面包着毛茸茸的刺，乡民们自然就称它为“刺果子”了，也有喊“糖罐子”的。

“刺果子”一直是我们夏天里的最爱。吃“刺果子”得有几分勇气，首先要不怕被刺剐，摘下一把“刺果子”，手臂上肯定给拉出横一道竖一道的血痕。“刺果子”柄托萼片上有刺，小心翼翼地用指甲从中间剥开，抠去里面的籽，剩下厚厚的果皮，就是美味，吃在嘴里酸甜酸甜的。要是有人对你说“一个坛子，装着麦子，吃了坛子，剩下麦子”……谜底嘛，就是“刺果子”了。大批“刺果子”红透时，老远就闻到一股醇浓的香甜味，会引来鸟雀和成阵的昆虫。

一蓬蓬一簇簇的金樱子，究竟活了多少年？没有人关注过。只晓得它们极其能活耐活，冬天衰竭了，春风一吹便又是一季蔓生疯长，将一大片白花摇曳在荒野上。要是那地方肥沃和湿润，人迹少至，金樱子花盛开时，简直是咄咄逼人，你会误以为那是一棵白花树，一堵白花墙！

我总是忘不了那一处开满金樱子白花的山坡。那是县城外一个叫七里岗的地方，早先是知青林场，后来知青散了，这地方就荒了。南端有一大片坟地，葬了十多个“文革”武斗时打死的学生，称做过“烈士陵园”。早几年还能看到立的碑石，后来就歪了倒了，连同几棵青松翠柏和万年青一齐都没有了，只剩一蓬蓬金樱子，年年清明时节开出白花，伤悼人生的沉重、岁月的无情……夜晚的山冈上，有时会有飘浮不定的磷火，显得惨淡而朦胧。

那时，岳父一家就住在近旁一所中学里，所以我常会带了一本书去那里消磨时光。临水的山坡下，金

<<<
金樱子花

樱子的花，白得像夜晚薄凉的月亮……地上也落满瘦白的瓣，一片一片。我有时会拾起花瓣夹入书页中，感觉白色的花瓣上依附着什么，或者就是一些灵魂转化的。灵魂很轻，花瓣比灵魂更轻，都是无声无息。稀疏的松树，在风里轻晃，阳光温暖，明亮。有时一恍惚，你觉得自己的灵魂也在某一丛白花下飘荡，瞌睡。

那些坟窟中，还躺着一个女学生，据说是在一幢大楼里广播“战斗檄文”时，被攻上来的对方一阵乱枪打死……要是她还鲜活地存在这个世上，她会怎样哩，已退了休在家买菜做饭，跳广场舞，儿孙满堂？然而，惨淡的命运却将她留在永远的18岁，成了一蓬开满白花的金樱子，在黑暗与光明之间，以苦涩而清丽的心思映照人间……

金樱子，开白花，向着明亮的那个方向，一直在等待有人走近。

>>>
杜鹃

十七、杜鹃是花也是鸟

杜鹃花在杜鹃鸟啼鸣时开放，故名。可以说，杜鹃花是跟着杜鹃鸟后面喊响的。

春风吹拂，鸟鸣清丽，在那些贫瘠的山岭上，沉寂了整整一个冬季的杜鹃花都开了，一蓬蓬，一簇簇，似燃烧的火焰，映红了山山岭岭。一部样板戏《杜鹃山》，加上后来的电影《闪闪的红星》着力渲染，使得此花成了红色基因代代相传的革命花。“若要盼得哟，红军来，岭上开遍哟 ，映山红，岭上开遍哟，映山红……”那时，我们口中喊得最顺溜的名字，就是“映山红”。

四月江南山村，错落有致的水田亮如镜面，天空高远而湛蓝，时有燕子轻轻掠过。潮润的空气里是新翻的泥土气息，平时不起眼的那些根根桩桩，似乎一夜间绽出了殷红，在青山绿水的背景下特别醒目。上个世纪六十年代早中期，我们读小学时，每年这季节，老师就要带领我们进山踏春……那真是让我们兴奋的日子，早早准备了干粮，打着火炬标志的队旗，到了一处山头，老师吹响哨子讲过注意事项，大家散开，奔跑着去采集那些红艳照眼的映山红。

映山红花低至一二尺，高则二三米，都是枝梢头着花。若是开放在石涧崖头上，再蓬勃鲜艳，也只能可望不可触。听说，黄山和天目山中有长成数丈高的巨树。映山红花蕊细长密集，同花瓣一色，新绿的叶子上面有一层绒毛，枝条脆，特别易折断。正因为算不得娇艳邀宠的花，才最有人缘，常被人采回家养在

<<<
杜鹃

罐头瓶中，置于窗台上，简陋的屋子，立马有了映照生命静美的画意。那些花，像是敞口小钟，瓣厚，水分足，抽掉花蕊放入嘴里品咂，甜中带有点脆……有人相信吃多了会流鼻血，不敢多吃。我小时候经常会流鼻血，即便这样我还是喜欢吃。

就如同从农家走出的女孩，在城市里出息了，华衣美食调养，已非旧时容颜声息，是不作兴再喊乡土岁月时那个俚俗的小名了。在花店或苗圃里，映山红一律称杜鹃。

因为花店和苗圃的合力运作，杜鹃又派生出春鹃、夏鹃、春夏鹃、西洋鹃四大类。这些经人好生护养的新种杜鹃，花繁叶茂，绮丽多姿，有的甚至一枝花开几种颜色，投眼望去，盈盈笑语可闻。我们平时从花鸟市场买回的都是西洋鹃，又称法国杜鹃，多重瓣和半重瓣，花开密密层层，如锦绣堆一般，香雾浓，秀帏垂，因而看上去就有一种风尘气。

在汉语词汇中，杜鹃是花，也是鸟，更是中国古诗中含义幽邃的意象。李白诗："蜀国曾闻子规鸟，宣城还见杜鹃花；一叫一回肠一断，三春三月忆三巴！"作为鸟名，杜鹃就是布谷鸟，古色古香的名字是子规、杜宇、子鹃，我们家乡喊作"发棵鸟"，在西洋那些经典文学中又称夜莺。春夏时分的乡村，杜鹃的鸣唱声总是从云端里传来，在田野中飘绕不绝。之所以被称做夜莺，就是它还常常彻夜啼鸣，如歌如吟，如泣如诉，午夜听入耳中，尤让人有悲凉凄厉之感。

一为植物，一为鸣禽，共用一个学名，且又各有这么多逸闻旧事，颇值一记。

>>>
紫花地丁

十八、每一朵堇菜花都是很神的表达

春天是堇菜最为活跃的季节。刚刚换完新叶的林子外面，盈眼的柔绿水一样流动着……荒地里长满一丛丛圆叶或楔形叶的绿草，开出紫色、白色和黄色的小花。堇菜特殊之处，是花朵的形状有点像是巫师的帽子，下端尖筒状，朝上一端张开……当堇菜们准备接管一块空地或一片荒野，就成群结队戴着这些制作怪异的小花帽如潮水一样漫涌而来。

这里面，有我最熟悉的一个部落：紫花地丁。它们成片生长，很勤奋地开着花，每一株绿油油的叶子间，就有两三朵紫色小花被纤细的花梗高高挑起，略略弯下柄头，又努力地昂起，从花喉到花瓣尖由深渐浅，花兜微微翘起。那个贴着花梗回翘的小兜兜，实则是管状上弯的花瓣形成的卡柄，旋转翻飞的样子，仿佛就是一个正在表演着的钢管舞女……如果制成三维视图在显眼的地方挂出来，就是用野花的思维在做广告了。

紫花地丁应该是最为常见的一种堇菜科植物，箭头一样狭长的叶，几乎成了堇菜的典型制作。一直不解其意，为什么取名“地丁”哩？是说它们茎干笔直、顶着未开的花苞就像一枚钉在地里的铁钉么……但这种形容对它们太粗犷了，我倒觉得其开花的样子更像一只小雀轻盈地立在枝头，富有灵气，又那么安静。其实，“丁”亦可作人讲，这小小的花儿就是大地上的小不点，如果你从它们身边走过而没有多投一眼的话，也许就忽视了这卑微而又美丽的生命。

在我不太长的早年那段从医经历中，可没少同紫花地丁们打过交道。那是在“文革”中期，最高领袖有个“六二六指示”，延伸出了“六二六道路”，具体实施和操作，就是“一根针、一把草”……当时的“合作医疗”制度，是社员每年交五分钱人头费，打针吃药全包了。事实上这不大可能行得通，一开始还能对付，“干部吃好药，社员吃草药”，到后来几乎就全靠针灸和草药当家了。我们做赤脚医生的，经常要采挖中草药。医者心，不了情，金银花、野菊花、车前草还有半边莲，等等，都在那时同我们结下了深厚情谊。紫花地丁解毒力超强，主治疮痈肿毒，如蛇头疔、红丝疔及多种外科阳证疾患，若是配伍蒲公英，对付黄疸、痢疾、腹泻效用更强，清热解毒之外，兼可疏肝散滞。

此外，还有一种开白花的戟叶堇菜，我们叫白花地丁，长得跟紫花地丁一模一样，只是叶子略宽，在向阳的草地上会大片生长。它们佩戴着一样的族徽，却分成了两个阵营：紫花帮与白花帮。大家都在同一个社区、同一个朋友圈里相处，但在有经验的乡医眼里，白花地丁是伪品，不具备真品的功效，不可代替使用，处方上写作“地丁草”的，都是紫花地丁。在我们老家，无论开白花开紫花的，统统被喊成另外一个名字：老牯牛花。孩子乐此不疲地玩着一种游戏，各人掐来一朵花，套紧花兜，两边猛力一扯，谁的花兜给扯落就是输家。这些地丁花还有个名字叫“米布

<<<
紫花地丁

袋”，它们成熟的种子有三个或四个长角，内里排列着二三十粒淡棕色种子。

五月里，风很软，天很蓝，一团一团的云彩飘浮着，阳光从林子隙缝里被筛下来，几只麻雀在那里啄来啄去。空气中有一种自然的清香，那是草木在呼吸的气味。其实，这些日子，也是堇菜属花儿们的最佳怀孕季……蜜蜂和蝴蝶一点不嫌它们小，飞来飞去地忙碌着。再过些日子，水塘边就开满了野蔷薇水红和月白的花。

世事变化，眼下，紫花地丁已成功跻身栽培花卉行列。当然，最知名的要数三色堇，又名“鬼脸花”、“猫脸花”，承袭了巫师帽的精彩，每一张脸谱都是很神的表达。

>>>
三叶草

十九、女孩故事三叶草花

静静的河滩，仙境一样的地方，天空水晶般湛蓝，好像一眼就可以看到天尽头安琪儿的微笑。潮润润的风里含着大自然奇异香气，许多开着小黄花的三叶草聚集在这里，绵密平静而又生动真实，留下金子似闪亮的印记。白天，大家一起品尝阳光的味道，到了夜晚，就闭合了花瓣，听星星唱歌，唱那些杳渺的催眠一样的歌……直到有一颗流星划过天穹，划过三叶草的梦境。

因为要仰面向天，三叶草总是匍匐或斜撑在地上，由三片心形小叶组成的掌状复叶，由于分而不开看上去是六片，都长在茎的顶部，像直升飞机的旋翼，又像我们从前玩过的竹蜻蜓。叶柄短，花柄却很长，只有豆大的五瓣黄色小花，从匍匐的细茎上升起，被高高挑出叶丛。每年清明过后，这些小黄花就一朵接一朵开出来了，静静地仰望天空，晒太阳，随风摇曳……经过一个夏天，直到秋深菊花黄，它们仍在陆陆续续开着。一切都是安宁有绪的。

在我们逝去童年里，常常把三叶草放入口中咀嚼，我们喜欢那种酸酸的味道，带着未干的春水的气息，很能解渴。我们就称它们叫酸酸草，其实，它们更标准的名字应该是酢浆草。这个“酢”字与“醋”通，《本草纲目》就说它“其味如醋”。酢浆草酸酸的茎叶，有清热解毒、消肿散疾的效用。乡下孩子被毒虫蛰了，水火烫了，或是害了疖子，大人就揪一把酸酸草在嘴里嚼烂后敷上去，很能管用的。酢浆草是酢浆草科的代表植物，一般人不会知道，水果阳桃也为这一科的。阳桃的长在高大的乔木上，花却细小而繁红，果五棱，样子奇特，鲁迅曾说它是“火星上来的果子”。

酢浆草真是普通到不能再普通了，道地的草根阶层。长在近水潮湿处的叶子鲜绿，而在晒谷场边或家门前墙脚下看到的，颜色暗紫，贴紧地面像是一块块补丁，开出的花也干巴瘦小。近年来，在公园花畦和街头绿化带里常能看到一种营养良好、长得十分强势的开紫花的酢浆草——这是本地三叶草来自美国的亲戚。紫花酢浆草虽然开花漂亮，却结不出种子，不能生育，靠主根上的鳞茎发芽繁衍。

酢浆草只有三片小叶。传说一片叶子代表祈求，一片叶子代表希望，一片叶子代表爱情，要是谁能找着四枚小叶组合的“幸运草”，就找到了幸福，就能许愿成真……这都是特别适合女孩的故事，像许多梦的碎片。其实，所谓“幸运草”，只是一种突变现象，这和有些人基因突变长出了第六根手指是一样的道理。当这类童话大行其道并成为商机的时候，我的一个朋友的女儿，网购了一瓶“幸运草”，并在微博上写下自己的愿望：希望在一个仙境般的地方，有一个人能陪我，和我做朋友。

那天我去她家，刚好有机会看到——这哪是什么“幸运草”？分明是俗称“破铜钱“的田字草，天生就长了四片叶子哦！

但是，不管是以什么方式，人们都会为寻求幸福而努力。

<<<

三叶草

>>>
金银花

二十、双花开时与谁来

直接以花入药，我印象较深的是菊花和二宝花。中药处方上杭菊、滁菊乃分别产于浙江杭州和安徽滁州的一种白菊花，清肝明目；还有杀菌超强的野菊花，既是中药，也是草药。二宝花，清热解毒，临床使用率较高，感冒发烧、肺痈脓疡都用得上，老中医们多写作“双花”或“二花”。其藤坚韧，专向左扭，寒天不凋，故曰“忍冬”，亦是老中医们爱开出的一味中药。说穿了，二宝花就是花开唇形的金银花，也叫姐妹花。

金银花是真正的民间花，恐怕没有一本花卉书会宣传介绍它们。虽论不及美人香草，但它们清香自许，初开时洁白如雪，清姿丽质，数日后转黄而芳香沉郁。

蚕豆收荚的小满时节，在“割麦插禾”的杜鹃声声啼鸣里，那些很随意地攀援在篱墙上、窗檐外、树梢头的金银花，细茎绿叶间花骨朵争相绽放了。它们先是在枝头结出一丛青色的蓓蕾，或成双成对由叶腋间朝外探头，蓓蕾慢慢变长，向两边伸张，三五日便现出浅白的光泽。等到快有小指头长的时候，青色褪尽，最顶端部分饱胀起来，便是将开的模样。细长的白蕊，终于划开薄薄的萼，从花蕾里伸出来。一丛丛，一簇簇，银色的，金色的唇形花瓣，全都朝后微微卷起，将长长的花蕊衬托得分外细腻洁白，老远就能闻到浓浓香味……簇拥满枝金银色，花香染尽五月风。金银花终以它独特的生命历程，回赠乡村一季的美丽与芬芳。

和学名为络石的卍字金银花不同，卍字金银花生有气根，属直来直去的爬墙虎一类，而忍冬科金银花则左缠右绕，与那些青枝绿杆纠结一起，让沉毅的大树也有了丝丝柔情。我老家那里，水塘多，竹林多，金银花就盛开在那些人迹难至的水塘边的树梢上，临水照影，风姿独具，颇有点芝兰生于深林的味道，让你只可远观而不可亵玩。有时，你走过某一处竹林茅舍，闻有一股暗香浮动，四处张望，却什么也不见，唯染得一襟幽香。

我早年教过的学生中，有一对叫金花和银花的姐妹，左侧眉间长有豆大朱砂胎记的妹妹成绩尤好。可惜因为父亲突然病故，姐姐金花初三时就辍学跟人去南方，到养鸡场当饲养员，在小酒店当服务员。读了高中的妹妹，出落得高挑姣美，恳求我帮她改了个谐音的名叫“应华”，后来也去了南方。几年过去，姐姐带着一个外地小伙回家创业，妹妹却留在了那边，听说是被人包养做了金丝鸟。姐姐两口子承包山场，养鸡，种雷竹，种樟树和桂树。我去看过，山间小溪旁一个院落，修建得很有几分创意。仿古院门上挂着铃铛，一推门就叮当作响，很喜庆。溪水被引进院内，缓缓回流，水底躺着卵石，游鱼嬉乐其间，充满情趣。长长院篱上爬满了金银花，像是一堵长长花墙，喝着花茶时，蜜蜂和蝴蝶就在身边绕飞……那是我见过的最宜人的香花流水院落，真的教人好生羡慕。

凭着残断的记忆，终于在网上将东坡先生那首《定

<<<
金银花

风波》词完整找了出来："两两轻红半晕腮，依依独为使君回。若道使君无此意，何为，双花不向别人开？但看低昂烟雨里，不已，劝君休诉十分杯。更问尊前狂副使，来岁，花开时节与谁来？"苏轼"双花不向别人开"表达的是自己对国家对君王的坚贞情感……而我，因为那对姐妹殊异命运，更是打心底希望花香年年，好风如水，人生无憾，清景无限！

>>>
卍字金银花

二十一、风吹卍字金银花

“你不晓得这种花？——是很好玩的一种花。一朵朵的都是卍字形。春天开一次，六月开一次，九月开一次。——这时候正开得好看。”

“十多年前我采了满手卍字金银花，欣跃地向‘笔峰墨沼’门走，以及从那里又酸着鼻子拿着花回家时的心绪，此刻也还依稀记得。我眼里晃动着那个可爱小姑娘的影子，我的耳里塞满了那小棚子里女人的惨痛的呻吟……”

——以上这些，是从我早年读过的《卍字金银花》中抄来的字句。一个儿时曾向“我”索要过卍字金银花的漂亮小女孩，成年后却不幸早早寡居，因为怀上了不该怀的孩子，便遭惩罚，被无情地抛弃在荒凉山野……在临盆生产的惨痛里孤独地死去。作者吴组缃，当年的“清华四剑客”之一，也是我们的皖南老乡，由于从小耳闻目睹了太多女子的悲惨命运，虽然身为男性作家，却将笔触对准了女性命运，代表作有《官官的补品》和《一千八百担》等。

我去吴组缃先生故里泾县太平湖畔的茂林时，还特意在那些老民居的墙角院落留心搜找过卍字金银花。

其实，对于此花，我并不陌生，我老家那里多得很，只是我们一直喊它为风车花。风车花喜欢阴凉湿润，攀爬本领高超，因为它们是爬墙虎的一种，藤节长有气根，砖墙、老树、岩石都能爬，连围栏和篱笆上也满是它们翠绿色的身影。春深时开出清香韧瘦的小白花，朵朵小花似“卍”字，又如转动的风车。

此花自生自长，从来没有人种养，但它们长相脱俗，多含隐喻。就说这“卍”字便颇有来历，是从古印度舶来的佛教专用字，读作“万”，据说还是女皇帝武则天定的字音，意谓集拢天下一切吉祥功德。这个古怪雷人的字，有右旋和左旋两种写法，在电脑上用拼音打，都能出来。佛教里以右旋为吉祥，佛家举行各种仪式都是右旋进行的。左旋的“卐”，有点触目惊心，让人胆寒，因为那是希特勒纳粹党旗和臂章上标志……纳粹“国家社会党”，德文“国家”和“社会”字头都是“S”，两个“S”字头交错一起，就成“卐”字形状。佛家“卍”显现金光，如来佛胸前便是，而纳粹“卐”是恐惧的黑色。过去乡村妇女却区分得很清楚，她们纳鞋底或袜底，选用的图案都是“卍”，请弹花匠弹新棉絮，也要用红纱铺一个大大的“卍”字，以图吉祥。

浸润在草木气息中的童年生活片段，常常从时间深处浮现而出。那时，外祖父家被一大片竹林包围着，通往外面的长长的甬道两边，必须用篱笆约束住那些肆意生长的枝杈。一到杜鹃啼鸣时，竹篱间，还有遮天蔽日的大树上，就爬满卍字金银花。黯绿的叶片中，花开得既不茂盛也不零落，一枝细藤上大约有数十朵，许多细藤汇聚一起，花就繁密了。五瓣小白花，呈螺旋形卷筒状，仿佛一阵风吹来就会转动起来，将淡淡的香味散发在潮润的空气里。要是掐断花蒂，会有丝丝乳汁渗出来。按说，既然称做“金银花”，必有黄、白两种，但我却从未见过黄色的卍字金银花。

20世纪70年代中期，我下放当赤脚医生前先在公社卫生院做了一年中医学徒。我的师傅，是一位姓伍的伤科老中医，没有多少文化，但经验丰富，那时X光机还不多见，跌打损伤接骨头全凭手上摸索。那次，伍老中医开的中药里有一味“络石”断了货，就叫我临时去卫生院外一片断墙废墟上现采。待他一说出“风车花”的名，我口里就“哦”了出来，原来风车花就是中草药“络石”呵！

去年六月，父亲生病住入南京鼓楼医院，我随侍在侧。梅雨季节如期来临，如丝的细雨连绵不断地飘拂在六朝古都迷蒙的雾气里。医院几幢民国老屋，外墙爬满绿叶，可惜是那种叶上有二裂的爬墙虎，而非卍字金银花。墙院里葱茏的草木在雨季里透出翡翠般的碧绿，一些饱含汁液的花朵，尽情绽放着娇艳的笑容。繁茂的枝叶，经雨水的冲刷洗涤，显得更加青翠欲滴。

那天，因事路过玄武湖边，在一段凋敝的古城墙上，见到连片附生的这种植物，密匝匝的风车状白色小花，在雨天里有一种恍若遗世的凄美。旁有一片观赏竹，几枝茁挺的新笋，尖叶上垂着亮的雨珠，微风轻拂，摇摇欲坠。伫立片刻，得联二句：

瘦花藏雨梦

肥笋诉风灵

>>>
牡丹花

二十二、牡丹花雨动诗情

春深时节，芜湖市作家协会组织一批人到丫山采风看牡丹花。

丫山位于南陵县城西南四十公里处，主峰呈“丫”形而得名。经南陵开发区上了南丫路，绿意便扑眼而来。道两旁野草鲜碧，层层叠叠的树木，无一不苍翠欲滴……有小雨点断断续续打在车窗玻璃上。一路烟雨朦胧，远山近水，犹如一幅幅水墨淋漓的画图。

车子过了景区大门，一路盘旋上了山头，继续朝里开了一程，我们下车踏上步道。但见漫山遍野的牡丹竞相怒放，夹着连片成畦的油菜花，白一道黄一道，层次鲜明。浮云时隐时现，雨时有时无，涌动的流岚簇拥着绵延的山脊，浓淡参差，错落有致。近旁林间也有一团团雾岚升起，几经旋转，淡了，散了……微风阵阵，花草和泥土湿润的芳香，由怪石嶙峋的丛林间扑面袭来。路边，大朵大朵娇媚的花，粉瓣和金色花蕊沾着雨珠，漂亮得有些失真。有那开得早的，花瓣被雨水泡软，整朵斜支，若少妇支颐，美人横笛……不见有落英飘零，但地上有整朵整朵的坠落，如同奉上祭坛，低吟着悱恻的悲歌离去，着实叫人动容！

丫山这地方我来过多次，做中医学徒时跟着医院会计来此采购过丹皮。丹皮是牡丹花根刮去外皮、抽掉木心加工出来的，与白芍、菊花、茯苓合称“四大皖药”，具有凉血活血之效，安五脏，治中风、痛经、血淤。那时统购统销，药农都是将成品药材卖到供销社，我们因为计划配备的不够用，且质量也不尽如意，才让熟人领着偷偷摸摸上人家收购一点皮薄肉厚粉足的上品。那种成捆的两三尺长称作“凤丹”的根皮，我们买回去自己用铡刀切碎。

牡丹的望郡虽出洛阳，但丫山牡丹属于江南牡丹一个品种，生在温柔乡，自有一份灵慧。这地方群山环抱，清泉长流，遍地奇花异草，好名声渐渐传了出去……特别是南陵与青阳交界处西山、龙山、铁山几个大队，每年四五月间，遍野的牡丹花依山层叠而上，望不尽的白花美不胜收，就有城里人相邀结伴跑来看花。那种单瓣的白色原生丹皮花，顶托在枝头，每一朵都有茶杯盖大，成片连畦开放，千朵万朵，袅袅临风，如云如霞……

那时还不知道有观赏花的概念，种牡丹只为收获药材卖钱，所以都是不择地形……许多开花的牡丹见缝插针种在陡崖头或巨石的罅隙处，哪怕只有脸盆大一块地，四周固土的石片却垒了数尺高，种出植株三五。从育苗到刨出根皮卖钱，起码要在地里长五六年才行。常见条桌宽的一溜地，一侧码着高高的石片，一叠叠，一圈圈，层次分明地沿山而上，一直将那些繁白的花递往抬头要掉帽的绝顶峰梁。荒山野岭之间，一二白布裹腿的山民，埋身在半人高白花丛中，锄草，松土，整饬石片。目睹这几乎与世隔绝的苍凉沉郁的劳作图景，你会深深感喟人世的艰辛是何其沉重！

如今，这里不仅成了中国丹皮原产保护区域，而且早已圈出数十里范围的景区。经过多年开发，观赏型和药用型两路花各行其道，除紫玉、墨玉、粉青、豆绿外，又从洛阳、菏泽引进名贵品种，五颜六色的多重瓣，每朵开出来都有碗大……在大面积石林衬托下，愈发雍容华丽，引得蜂飞蝶绕，游人如织。景区内一株原生丹皮，据说有一百多岁了，高过人头，几十朵白花一齐绽放，风姿微动，缥缥缈缈暗送天香。

牡丹园里也杂种了不少芍药，牡丹谢了芍药开……单观花型和姿容，很少有人能将这两种花区分开来，它们一样的妖娆美丽，但只要看一下它们的茎干就能划清界限了，小木棍状的是牡丹，草杆子的芍药，故民间称呼芍药为“草牡丹”，并以“花王”“花后”之位分列。

雨中的丫山，分外清越。空空泠泠的雨滴打在伞上，打在林叶间，脚下石阶渐滑，黑亮亮像抹了层油。我们走进一处山坡花畦间的草亭里躲避。四周弥漫着丰厚的水汽，岚霭漂流，雾迷山林，前方的路和对面的山，都渐渐虚幻起来。石缝岩隙里溪泉的淙淙潺潺与雨点的飒飒沙沙相交相融，声如琴韵，灵逸悠远……有爱美的女士不惧雨湿，蹲踞花畦间摄下人与花相偎的倩影，于是便有笑语和咯嚓咯嚓的按快门声不断响起。

丫山是鲜花相约之地，药用丹皮与观赏牡丹并存，加上多情芍药，世俗而妍艳丰润。丫山又是一部石头史书，那些奇形怪状的石群，静立着，横亘着，从蛮荒穿越到文明，让你参悟岁月。感慨所系，回家后随涂杂诗多首。剔除绝句及律句，亦曲亦词捡出三支，以证悠游：

一、嵯丫裂兮势崔嵬，粉丹开兮乱红飞。

灵石披离兮莫可状，陟崇冈兮望四围！（歌吟）

二、丫山好，最好作悠游。

花海云蒸霞外气，石林浪止史前幽。一望数峰收！（忆江南·丫山好）

三、看满岭牡丹开处，有紫霭漂浮。香气悠悠入画图，怎不生情羡慕。

归去崖头天过午，相约退休山乡住，共筑三间小屋。（仙吕·醉中天）

<<<

牡丹花

>>>
芍药花

二十三、多情芍药殿春风

《红楼梦》第六十二回《憨湘云醉眠芍药裀》，芍药本是情的信物，湘云满身芍药，正是一身至情的隐喻。早年看过改琦本的《红楼梦》（一九五九年作家出版社出版），扉页的人物图，画的是史湘云醉卧在芍药丛中的石凳上，纷纷扬扬的花瓣飞落一身，连掉在地上的团扇也被埋没了。那种清香流溢、袅袅娴娴的美人落英的情致和场景，一直存留脑海里。那天，我们家报纸副刊版上登载了身在南京的一个朋友写的文章《落红无畏》，也是描摹了芍药落花的景致，感叹花时已尽，人世很长……读后，被深深打动。

二十多年前，我刚调来报社，租住在张家山一中后门旁。一位友人知道我喜欢花花草草，于秋末赠我一埋有芍药肉质根块的紫砂花盆，被我随手摆放在房东家阳台上。一年春回，便有两茎玫瑰色幼芽从那花盆里破土相拥而出。不数日即窜至尺把高，舒展开深绿色羽状复叶。那一天晨间，房东家读中学的女儿惊喜地叫我：谈老师快来看……芍药现蕾了！我嘴里咬着牙刷跑过去一看，果然有两粒豆蕾分别顶生于两枝花茎的顶端。那蕾粒日渐膨大，几番风摇雨润，便红唇初现。不久的一个午后，两朵并枝芍药花终于含娇带羞双双绽放了，密而繁叠的每一片粉瓣，外圈都镶一道紫红边，衬着金黄金明艳的花蕊，优雅而圣洁，微风轻过，暗香浮动，端的是一对袅袅婷婷的东风女儿魂……

初识芍药，我还在偏远的西河小镇上当老师，学校近旁住有一位姓丁的木匠，此人虽短身陋貌却极是灵慧，种花养鱼扎风筝制盆景，门门俱精，拿现在话说，是很有文化品位。从谷雨到立夏前后的每天下晚，我都抱着刚刚出生不久的儿子在那个蜂吟蝶飞的小园里消磨宜人的时光，陪着莳草弄花的丁木匠穷聊海吹。丁木匠教会了我区分芍药和牡丹这两姐妹，牡丹先开，芍药花期要晚半月。芍药归草本，地面茎干每年新生，光鲜稚嫩，一掐就断；而牡丹的茎干是小木棍，虽细，却生长多年很显沧桑。芍药叶完整，颜墨绿；牡丹叶有裂，状似鸭脚，背面有粉……牡丹都是一梢一花独朵顶生，只有芍药，才有一蒂双花相背而开。

牡丹与芍药，着实是一对比肩走在春天里的绝世佳丽，她们吹笛，漫舞，轻歌……世人皆知牡丹既可观赏又可药用，芍药亦是丝毫不输。跟生在阳面坡地的丹皮稍有不同，芍药喜湿，爱将那些深深浅浅的白花宁静地开放在山脚洼地。常用中药材赤芍、白芍，即为刮去外皮的芍根。其区别，前者野生，或为栽培瘦细的根，置太阳下直接晒制而成，有凉血散淤之功；后者白芍系人工栽培的肥大根，入沸水煮熟晒干，有调肝脾和营血之效——而不是像有些书上错误解释的那样：开红花的是赤芍，开白花的是白芍……这都是我研习中医时从熟读的《汤头歌》、《药性赋》及《常用中草药手册》里得知的。

芍药追着牡丹开放，是暮春的压阵之花。大约是五六年前，我陪外地来的一对朋友去丫山看牡丹花。迟过了季节，山上的那些药用丹皮，白花已谢，结出一个个五爪撑开的小蓇葖果……可是观赏园中仍是红紫纷呈，花光灼灼，原来都是芍药在为牡丹顶包。朋友那位讲究养颜的夫人在山脚药农家中买下一袋干花，据称是采集凝露的芍药花放栗炭火上烘焙而成，类似手工做茶，只是少了一道“杀青”工序，一小袋干品得用去几大篮鲜花。我们当即各沏上一杯，端手里摇一摇，半沉半浮的花瓣，在水中恢复了洁白的容颜，展开身姿，轻灵如梦……啜饮一口茶水，虽不是多么齿颊余香，神清气爽倒是一点不含糊。

美花如美人，为容颜所累，易致损折。芍药花大，花瓣如锦似缎，故最怕下雨天，一淋了雨，就会垂下头来，再无力气执著于生之纯华，分外楚楚可怜。还有刮风，亦使柔瓣支离，飘英委地，教人不忍卒看。芍药之取名，原谐音“绰约”，乃喻其花容娇丽，风姿万端。就连一向绷着脸写字的韩愈，都把持不住自己而作诗赞美：“浩态狂香昔未逢，红灯灼灼绿盘龙；觉来独对情景好，身在仙宫第几重？”

但我以为触景写情最入深处，端的是花不负诗，诗不负花，数塞尔赫最好：“珠帘入夜卷琼钩，谢女怀香倚玉楼；风暖月明娇欲堕，依稀残梦在扬州。”皓月临空，香雾凄迷，由花事而及人事，诗人无限缱绻，不胜依依。扬州，大约因为凋殒过太多的名花和美人，所以才有那么多殇情之处。塞尔赫与纳兰性德同宗，都是满族文苑中宿将，俱被情伤。纳兰性德有“墙阴不种断肠花”之叹，塞尔赫哩，“有情芍药含春泪”，他自是不能无语睇对……

>>>
槐花

二十四、五月槐花香

八月之夏，走在常走的一条街上，路两旁槐树上缀满一簇一簇白花，空气中弥散着淡雅清凉的芳香。这都是国槐，十多年前栽下的，早已枝丫繁复如伞如盖，为行人罩下一路浓荫。挤在绿叶中的小花，不失豆科血统的风范，戴着黄绿色围兜，卷曲微紫的白瓣张开，伸出短爪一样的蕊柱，挂在细小的花梗下，像一串串风铃摇曳在阳光里。午后风簌簌吹来，花瓣纷扬飘落，奢侈地铺了一地……许多豆科家族都喜欢开串串花，槐树也染此习性，上面的花还在开着，下面已结出黄绿色肉质荚果，串珠状，最后能长到手指长短。到了深秋，常见药店女店员拿棍子打下，除去杂质，放街沿边簸箕中晒干。

不由得想起家乡五月的槐花……村里村外，田边地头，一树树洁白晶莹的花朵在风里招摇，老远就能闻到那醉人的清香。每年四五月里，对于乡村来说是一串忙碌的日子，布谷叫，柳梢长，沟渠里流水淙淙，犁田插秧，种瓜种豆这类事总是忙个没完。在这样的气氛里，大片大片的槐花，似乎一个早晨就忙乎着全开了出来。

那些是刺槐，又称洋槐。同为槐，却有不同的花期。“槐花落尽桐荫薄，时有残蝉一两声”，是陆游的诗句吧，这咏的当是国槐，我们老家那里喊作“家槐”或是“秋槐”。国槐的叶墨绿，先端是尖的，开花比刺槐晚，花期长，花也略小上一号。而刺槐多生南方，树形高大，羽状复叶浅绿而略显透明，花尤丰繁，清香袭人，结扁平的荚果。刺槐不像国槐那样易长一种叫槐尺蠖的小虫，还不怕水淹，所以河滩上栽得多。这种树根系发达但不想钻深，每年夏天大水退去后，河滩上总要歪倒一两棵树，却也不会让烈日晒蔫，枝叶仍旧浓绿，而身干正好可供调皮的孩子们练走独木桥。

记得上小学时，校园总是被包围在槐树的浓荫里。鸟歌清丽，抬头却难找见它们身影，那些槐树长得太繁密茂盛，阳光难照透，树下总是潮润润的，布满细小洞窟和蚯蚓粪。最动人心魄的，当数家乡西边大埂上一段三四里路的“槐花长廊”。每到春夏之交，一段白云就要从天上飘落下来……连绵数里满树飞白，晃得人眼都睁不开。无数的蜜蜂在头顶振翅飞舞，大埂上堆满蜂箱，蜂农们刚刚“放”完菜花蜜，就又赶到这里来，槐花蜜声誉太好了，谁会错过每年一次的好机遇哩。

南方人一般不将槐花当作进口之物，那些烙槐花饼、蒸槐花糕的事，只会发生在食材相对紧缺的北方灶头，是疗饥的基础上敷设了抒情色彩。但我的一相交多年文友，老家是淮北那边的，曾不止一次听他讲起吃槐花的事，似乎那就是大自然给予他们的最慷慨的恩赐。他称槐花为“槐米”，不仅美，香，而且甜。只要有槐树花在枝上挂出，日子就敞亮起来，每天上学和放学的路上，三两伙伴一起，总会撸下一串串“槐米”，塞进嘴里边走边品咂……多年以后，依然甜

<<<
槐花

在心头。

城市里当然也有刺槐。我们报社没拆迁前还在老址的时候，紧邻一片散漫居民区，办公室窗口对着一个不成形院落，总能看见两棵容颜沧桑的老槐树，静静地立在那里。每到脱下春装换 T 恤的时候，它们突然就绽出生命活力，满枝梢飞花，像一只只白蝴蝶，纷纷起落绿叶间……

一周多一点的时日转过，白花落尽，绿意深浓，阳光开始热烈，夏天就到了。

>>>

白兰花

二十五、悠韵长长叫卖白兰花

这些年，夏天总是来得早。杏子黄熟，江南入梅之后，空气里便有了夏天的味道。但天气却总是湿漉漉的，时阴时晴。

在那些大街小巷里，走着走着，就有“卖——白兰花哎——”“白兰花——卖——哎！”一声声软糯的叫卖，一种江南独有的记忆，微风吹过，熟悉的清甜幽香便袭满心头……白发老婆婆坐在巷子口的小矮凳上，面前摆一只小竹篮，篮底，铺一块吸水蓝花布，上面整整齐齐地摆放着一层用细细的铅丝串起的花坠子或花链子。那些寸来长的花儿，颜色是超凡脱俗的白，像玉一般温润，给人几分乖巧的凉意，虽是一身淡雅素净，却是花香也热烈，浓郁也持久，很容易让人联想到那类枕着“银床梦醒香何处，只在钗横鬓发边”诗句午后小睡的古典美人。

一个身姿绰约、黑发柔长的女子，踏一路青石板上泠泠有韵的足音走来，被花香吸引，停下了脚步，弯腰放下两枚硬币，从老婆婆的竹篮里拣出一对连缀的白兰花，放鼻尖下嗅一嗅，然后灵巧地佩在胸前。她是先把花上的小勾吊在纽扣上，再扣上扣子，把花朵藏起来……被一股动人的清香缭绕着，她那张秀丽的瓜子型上，便多了一份江南女子的温婉缱绻。

氤氲不肯去，还来阶上香。江南五月天气里，最自然最诗意的饰物，就属白兰花了。

在我曾教过书的那个古镇上，余师母常是和白兰花一同被人提起。余师母的老头子，从前在太湖无锡那边的乡下当过什么农桑劝导先生，所以身形瘦高、说一口吴侬软语的余师母身上便有一股清凉的桑园的气息。六十多岁的人，脸上清清爽爽，胸襟前别一串白兰花，走到哪就带到哪一股幽香。余师母的小院子里，总是扫得很干净，地上连一片草叶儿也没有。正对院门砌有一块草席大花畦，里面种着太阳花，整个夏天，那些花仿佛都在开着，红红黄黄白白的，挤挤挨挨的颜色，满得要溢出来。花畦往后的两边窗下，分别用砖块架着两口雅致的宜兴紫砂花缸，种着一对齐屋檐高的白兰花，夏秋两季，飘浮着袭人的清芬。有时，风起树摇，花瓣簌簌坠落，铺了一地，像铺了一地的芳魂。

白兰花虽难登上花卉杂志的头条，却是最经典的南国之花。它枝干秀丽，树姿优美，长椭圆形的叶灵润光泽，青翠鲜绿。忆昔曲桥时共聚，重重碧叶望中亭……白兰花细长嫩绿的花蕾是从枝梢叶腋间抽出的，每一片嫩叶长成，下面跟着就萌出一个玲珑可爱的小小的翡翠簪头。花蕾日渐长大，由青绿转成象牙白，在某一个晨间或傍晚绽开裂口，静悄悄开放，长瓣前端略略纷披，如处子低首，娇羞不可名状。尤其是在月洗高梧、桐荫冉冉的夜色里，微风轻拂，清新的叶子怡然飘摇，映衬得那些长瓣玲珑的花儿，分外有一种骨骼清奇的薄凉之感……

虽然白兰花在江南可露地庭院栽培，但是许多人家更喜欢将它栽在很大很雅致的宜兴紫砂缸里。就像

<<<
白兰花

余师母那样，冬天严寒，便把花缸搬进室内，装饰客厅、书房。

一年中，白兰花共有三次吐馥扬芬，第一次在清明到谷雨，第二次在梅雨期，第三次在立秋前后。前前后后，花期长达小半年，以草木葳蕤的六月夏季开花最盛。冬天如侍养得法，加之温度适宜，也会有花持续开放，只是芳香不如夏时浓郁。

摘下来的白兰花，最好的保鲜法子，就是用湿毛巾包起来，放一夜，第二天拿出来照样水灵灵的，幽香四溢。在我早年的记忆里，卖白兰花的都是些挎着元宝型腰子篮四处走动的灵秀女孩，她们穿着白底细花衣衫，腰身软软，声音清清，仿佛就是汲着茉莉花的精魂长成的……但她们走着走着，就成了安静地坐在小凳上叫卖的白发老婆婆。

独上小楼夏已深，几多心事付瑶筝。永远的白兰花，总是飘在那样悠悠的南风里，总是袅娜绰约着清丽的身影，总是听到那悠韵长长的叫卖声……

>>>
栀子花

二十六、写错名的『枝子』花

麦收时节的江南，水汽氤氲，绿荫蓊郁。端午节来临，栀子花开了。“竹篱新结度浓香，香处盈盈雪色装。”

妻子早上去菜市场买菜，顺带买回了一把栀子花。中午我下班回家，刚一进门，一股浓郁花香扑鼻而至。十来朵栀子花，养在盛满清水的碗中，白色的花瓣，层次鲜明地斜嵌在淡黄色花蕊的四周，片片柔和，丝丝分明。所以，栀子又被喊成“水栀子”。

我一直认为，水软风轻的江南才是栀子花的故乡。栀子花就是那些寻常人家六月里眼波盈盈的女儿。她们就站在窗檐外，站在庭院里，站在水影清浅的塘梢……她们都很素净，很传统，一点也不时尚，有了心事也只藏在心底。就像是午夜里那首悠扬的《栀子花开》，过去了多少年，依然是心中最熟悉的旋律：“栀子花开啊开，栀子花开啊开，是淡淡的青春纯纯的爱……”

乡下老屋的后院里，有一株栀子树，贴着墙檐长得苍苍翠翠，形如半边伞盖，主枝上已敷生绿苔，那是外祖父在世时栽下的。栀子树喜欢阴凉潮湿，雨水淋在肥厚叶子上，分外光亮，我喜欢站在窗边观看它们在雨中一洗浮尘舒展身姿的模样。栀子树叶腋下结苞了，像是一枝枝翠绿的短簪，三两日一过，簪的一头悄悄地起了几道螺旋的缝，缝绽开了，如女孩子悄悄地表白着纯洁的心思。等到那些花开得大了，开得多了，绿叶中层层叠叠的白，整个院落都萦绕着浓得化不开的芳香。

栀子花实在是太普通了，几乎哪村哪户都有。以致城市的园艺师都不太把她们瞧在眼中。步行街上许多处花坛里栽了栀子花，她们倒很像在城市展示那么一点风景的打工妹。其实，栀子花并不缺少高雅，栀子花就有一个很文化味的藏在古籍中的名字，叫水波横。“一钩新月风牵影，暗送娇香入画庭”，水波横这名字肯定是一位文坛俊彦给取的，才子村姑，无论当时是一见动心，还是倾爱深深，或者这其中还稍带了那么点文酸气，但你不能不承认，水波横这名字真的很精彩。

许多年前，我曾在青弋江和资福河环绕的小镇上教书，铺着青石板的街心其实就是圩堤埂面，两边店铺的门楣和住户的窗棂就落在与街心平齐的下面。站在高高的街头或街尾望去，一大片白墙黑瓦的老旧徽派风格的街屋两边，波光潋滟的是外河，一口口水塘清清亮亮的是圩内。小街长长的青石板路面一年四季湿漉漉的，尤其是到了初夏，水涨上来了，鸟的叫声琐碎而缠绵。抓一把河滩上林子里的绿荫都能攥出水来，女孩子的腰肢更显款软，黑亮黑亮的眼眸就像两汪深潭……那些老屋宅院和天井里的栀子花开了。

栀子六瓣，清芬六出水栀子，满街都浸在栀子花的沁人芬芳里。班上那些扎着马尾辫的十五六岁的小姑娘，常常用手帕包了栀子花放到我批改作业的办公桌上，瞅着没人时，还帮我找杯子盛水养起来——那

<<<
栀子花

大多是一些裂开青白螺旋纹将放的丰满花苞。如果说到放飞人生的梦幻，十五六岁的年龄显然还早了点……但那氤氲的馨香，却让我心存感激，我发誓要把最好的知识传输给她们。

更早些年，许多乡村女儿名叫枝子。那是识字不多的生产队会计和计工员写错了字，应该写作那个婉香清丽的“栀子”才对。

栀子若生于山野，少了水的滋润，叶细瘦，花小而密，称作“山栀子”，也是单瓣六片。江南一带遍山都是。

>>>

端午锦花

二十七、该去T台上走一回的端午锦

另一个为端午节捧场的花，是端午锦。

端午锦倒是有一个学名叫蜀葵，但怎么也不如喊三个字俗名上口。端午锦性子活泼开朗，很是讨喜，自阳光里有了初夏的味道，就旁若无人地一溜烟疯长，一人多高的枝干上，从下往上，噼噼啪啪就把一串茶盏大的花开了出去，还有数不清的扁圆花苞等不及要绽放。端午锦还有一个俗名，叫龙船花。因为开起花来密密匝匝一长串，差不多就是一条装扮漂亮的龙船，十多棵立一排，你不让我我不让你抢着开花，不就跟赛龙船一样么……淘气的孩子们会摘下花朵，轻轻一撕蒂儿，把带有黏性的花瓣往鼻子上一贴，大家都成红鼻子了，喧嚷着，追闹着，烘托出一片欢悦的喜气。

端午锦叶面粗糙多皱，有点像黄瓜和向日葵的叶，叶子背面，颜色浅浅如桑麻，开花却似锦如缎有光度有质感，比月季和玫瑰都大，色彩也繁多，白的，水红的，大红的，浅紫的，墨紫的，都有。不管是单瓣还是重瓣，绿的染心黑的染心，一律都是金色花蕊黄的穗，而且花粉很重，动不动就沾你一手一身。那些一朵接一朵的花，一点不会含蓄，也没有曲里拐弯的心思，全都你挤我拥地紧贴茎上，下面已经结实了，上面犹在洋洋洒洒开着。这倒很像是芝麻，“芝麻开花节节高”，端午锦开花也是节节攀高，此花开罢彼花开，从麦子黄熟一直开到夏末，开进秋天，花期真长，让栀子花不能比。白兰花也能从初夏开到秋，但那是分段开的，中间要歇伏。

在乡下，端午锦实在是一种很普通的花，裂了缝的墙根，鸡刨狗吠的篱边院口，还有杂草丛中，都是立身安家的地方。当你看着那些大红的花朵缀满绿色的枝干，感觉就是一个红衫绿裙的女子挺着饱满的胸站在眼前，要是有一个 T 台让她眼波流转地走一回，肯定很出彩的……草本的花，立身长到你须仰视的高度，恐怕也仅此一例了。有本叫《西墅杂记》的书，记述了一件事，明成化甲午年间有东瀛使者渡海来中国，见艳花而不识，问后始知芳名，遂题诗云："花如木槿花相似，叶比芙蓉叶一般。五尺栏杆遮不尽，尚留一半与人看。"栏杆有五尺高，花枝犹伸出一半在外，是以，又有别名喊做"一丈红"……这么挺拔的好身段，不做模特实在可惜了。

端午锦虽然个条那么高，但和栀子花、洗澡花、指甲花一样，终归还是乡村女孩，生命力旺旺的，不娇贵，不用谁来打理调教，到了各自的时令花季，想怎么开就怎么开，想开成什么颜色就开成什么颜色。无论是在舒爽的晨曦中还是微凉的夜色里，或者是午后艳艳的阳光下，都是开得那般无拘无束，蓬勃向上，酣畅淋漓，以致看的人也心生昂扬。

夏天的每一个傍晚，我都要穿越一片树林去防洪墙上散步。江面上连绵不尽泊着许多船，有的船一泊就不走了，把临时码头当成长住之地，甚至在江滩上种菜种花。其间，有一大丛端午锦十分惹眼，端午节前就开出瑰红和水红两种颜色的花，涨高的浑黄江水

<<<
端午锦花

几乎快要淹到它们脚下。江水时涨时退，一些船走了，另一些船很快补进空档。立秋都好多天了，水际线早已退下去很远，常见几只小狗在花丛到水边的空地上追逐嬉闹。层层叠叠的花瓣依然兀自绽放，更有那些如纯真少女的花蕾，青衫绿袄包裹得紧紧……你不知道它们究竟还能再开多久？

我喜欢端午锦开花时那种活泼，那种单纯而欢愉的美丽，即使晚风依依的静默中，也宣示对平凡生活热切的爱。

>>>
丁香花

二十八、人生过客丁香花

20世纪70年代末80年代初，我们上大学时，特别沉迷于戴望舒的《雨巷》。诗中那个行走在梅雨江南小巷里“丁香一样的姑娘”，既有丁香的美丽姿色和高洁芬芳，又有着从古诗中承袭来的忧愁与哀怨……自然就成了我们精神的寄托与苦恋。

不仅仅是我，有着共同“伤痕”的我们那一代人，几乎都在寻找一条通往理想的雨巷。一个撑着雨伞的姑娘，就像是一朵在寂寞中静静地绽放的丁香花，她是我们心底的某处向往，美丽又忧伤的圣地。无奈，现实总是冷漠的，不久我就给分配到偏远闭塞的乡镇中学当老师，一次次努力，桅杆一次断裂，也不曾见到哪一扇窗下坐着捧读诗集的眼如秋水的女孩。我在自己宿舍的门外栽下一丛芭蕉，肥绿的芭蕉高过了屋檐，我就吟起李商隐的诗“芭蕉不展丁香结，同向春风各自愁”……意念中，一朵一朵的丁香花，朵朵皆美；一寸一寸的柔肠，寸寸皆伤。

到我真正见识丁香花，已是二十年后，人生的大半光景都过去，不再有迷惘而又期待的情怀，所有如雨似烟的寥落彷徨都看淡。但文学致幻的丁香气息，那种朦胧而又幽深的美感，却在心中留下永难抹去的印记……那是青春底色的回忆。丁香花开在仲春，或白或紫，纯洁而易凋，仿佛就是我们流去的似水年华。

第一次见到丁香花，是在北京的植物园，心头如被轻叩了一下，这样十字相交的风车状小花，就是心目中久久渴念的丁香？准确地说来，丁香应该算作北方的花，但在意识里，总觉得它应该情属江南。合肥一个朋友家院子里生长着一棵紫丁香树，每到初夏，柔枝交抱，紫花盛开，浓香拂面……而我们总是在花开的时候赶去小酌一番，午间不胜酒力，只要给流经树下的风一吹，立即酒醒神清。然而，三年前朋友家庭解体后独自去了南方。昔日香花怡人的小院也在拆迁中给夷平，浇注起了绕城高架的桥墩。

为什么叫“丁香”？是因萼筒细长如钉且香吧。不过，丁香花虽小，但萼筒部确实硬邦邦的，它们有一些是紫褐的，有一些是淡白的，全都长不盈寸，精美绝伦。我曾把小区里花冠如钟又似漏斗的红花锦带当成紫丁香，红花锦带也好看，繁花满树，紫气蒸腾，但它没有香味，气质上明显输给丁香了。紫丁香有四片朝内弯曲的紫瓣，就像小小的工艺品风车，花蕊插在细深的漏斗里，一股幽香就从这深管漏斗里飘出。精灵剔透的白丁香也开四瓣的小花，花心是黄色的，淡雅朴素，仿佛一群白衣小姑娘打着一把把有黄缀的小伞……不论白的还是紫的，它们都是一丛丛、一簇簇地开，无数的花骨朵紧随在身后，似乎并不显寂寞。

“撑着油纸伞，独自 / 彷徨在悠长、悠长 / 又寂寥的雨巷 / 我希望逢着一个/丁香一样的/结着愁怨的姑娘……”这样的诗，放在尽享网络的今天，是谁也打动不了的，那些年轻的眼神，只会落在智能手机屏幕上。想找一个姑娘么？微信，视频聊天，不就得了，干吗这样唧唧歪歪酸倒牙喔？

<<<

丁香花

一个时代，有一个时代的影像与向往。从长远来看，我们都是过客，匆匆而行，无枝无蔓，不带走一片云彩。然而，若是机缘巧合哩……在一个不经意的时间里想起一段留香往事，会停了身下的脚步么？

>>>
南瓜花

二十九、南瓜花的流金岁月

初夏，南瓜藤蔓疯长。它们伸出长长卷须，见什么抓什么，有的攀缘到水塘边的瓜架或是矮墙长篱上，有的借助树枝或竹竿的引领，会窜上有烟囱的披厦屋顶，牵牵绕绕，不断分支，仿佛浑身有使不完的劲儿。

南瓜花开的夜晚，星空下流萤闪烁，暗夜的微风吹送阵阵花香。孩子们举着放有鲜嫩南瓜花瓣的玻璃瓶，追着一闪一闪的流萤喊："油炸糕，油炒饭，萤火虫，嘎（家）来吃晚饭……"其实，萤火虫可口的美味佳肴是蜗牛，萤火虫并不吃那鲜嫩的南瓜花，只有孩子们自己才爱吃南瓜花。

清晨，来到菜地里，碧绿的南瓜藤上又一路逶迤开出好多黄花。那些花儿，可不是一般的黄，而是一种明亮耀眼、热烈奔放的金黄，连花蕊也是黄澄澄的。四周都是植物的清香，它们就像自绿意荡漾的密匝匝心形叶片中伸出的一支支小号，迎着刚升高的太阳，恣意吹奏……小园菜蔬，四季风物，总是那么接地气。一位老人担着桶走进菜园子，把地浇了个透，又摘了一抱茄子辣椒和空心菜。当他走到菜园旮旯那一大片筋骨粗壮的南瓜藤蔓前，停下来，将一些爬到了路口或伸向不该去的方向的蔓尖轻轻牵回，再小心地走进藤蔓中，掐下一些南瓜花。出来时，露水已打湿了他的裤腿。

南瓜花有公母之分，掐来做菜的都是公花，又叫"谎花"，母花不能动，母花是要结小南瓜的。公花花冠裂片大，先端长而尖，由一根细长的柄托举着，一开一溜线，此开彼伏，能持续好久，随时都可传粉。而母花的花柄粗壮，与藤蔓不相上下，粗壮的花柄上托着绿色的南瓜宝宝，宝宝头上顶着一朵金黄灿灿母花，像是戴着皇冠，看上去是那么喜人。但有时候，这个小小的绿色南瓜宝宝会僵成浅黄色，那多半是因为授粉不成功，已经停止生长。大人们说，那是气死的……孩子听了，半懂不懂，不知南瓜宝宝为何要被“气死”？却又信以为真。

南瓜花的柄和托，还有花冠都能吃。我插队三年，生产队一直没给划过菜地，因此也没正经种过菜，各家的菜园都对我敞开，想吃什么蔬菜也就是举手之劳的事。有时为采摘那些开在篱边的南瓜花，胳膊上会给拉出一道道红印子，汗水一腌，火辣辣痛。因为要很多朵南瓜花才能做一小碟菜，所以，每次都不会仅仅单炒南瓜花，总是连那花柄一并炒入锅里，那花就只是配角。花柄若是单炒，撕去有许多细刺的表皮，再捏碎成窄窄的片，青润润的，加上一点青辣椒丝，清炒出来，润滑怡口，实在好吃。在我眼中，南瓜花是不能抵事的菜，吃南瓜花，纯粹只是调胃口……新麦登场，挖一碗刚碾的面粉，加水加盐，和揪碎的南瓜花一起搅拌，在锅里摊成红红黄黄的面饼粑粑，偶尔打入一个鸡蛋，就是那时的人间美味了。

乡村的夏天，一切都是生机无限。夜里下了一场雨，早上起来时，太阳已经出来了。经过雨水的洗涤，那些盘子大的叶，朝上一面布满了许多凸起的掌纹和

<<<
南瓜花

绿色的血管，片片相拥，密密匝匝……初放的花儿，撑开五角形花瓣，惬意地随风舞动，闪着丝绒一样的灿黄光泽，乡味浓浓，百般可人，这是它们最嘹亮最艳丽辉煌的时候。

天近晌午，热浪高温，群蝉高歌，南瓜花黄得晃眼……

>>>
茉莉花

三十、清凉茉莉夜生香

那回，上网找电影，见到《茉莉花开》，喜欢这名字，就点开来看了。影片根据苏童小说改编，共有三集，分别讲了三十年代的“茉”，五十年代的“莉”，八十年代的“花”。一家三代人，三个苦命年华的年轻女子，都是章子怡一个人演的，陈冲也分演了另两个角色。仿佛在看一座空城，所有情节都围绕着三代独身女人的情感波折进行，无关外界风月。三代女人都有过情窦初开时的甜美，都坚守着自己对生命的判断，结局却一律悲剧……不过，章子怡穿着三十年代旗袍的那样子，真的很有几分蚀骨的隽永，倒也不枉了《茉莉花开》这片名。

茉莉花，驻满心头，绿叶脉，一丝一缕……走过长长的缀满白花的路，喜欢这世上所有的颦笑，却一直很安静，一如那一缕幽香，萦绕在心底最柔软的地方。

下午回到父母处。父亲住了半个月医院回来，他走前栽在院子里一畦茉莉，顶头枝丫间都现蕾了，有些大的蕾，珠圆玉润，看来迟不过今晚就要绽开。微风起时，整个小院里都有暗香在浮动。父亲对我说：打电话叫你回来，就是让你守着今晚的新月等待花开。我点着头，心中溢满温情。

形似超微莲花的茉莉，有着典型的小家碧玉的鲜灵清纯和乖巧。夏日的傍晚，它们悄悄开放，吐露幽香。繁密时，先在聚伞花序顶层绽放一二朵，余下陆陆续续要开到次日。江南小镇，一般人家通常都养上一盆两盆，或置于阳台上，或摆放在天井里。清新的叶子自然伸展，指尖般大的芬芳玲珑的白花次第绽开。她们就像相识多年的邻家小妹，亲切可人，娇憨纯朴。

茉莉枝条细长，初夏由叶腋抽出新梢，翠绿的椭圆形叶，曼妙地托衬着花儿与蕾的婀娜仙姿。盆栽的通常为三朵一簇，每朵七片白瓣，中间羞答答探出一根玛瑙绿的蕊，轻盈而素洁。茉莉嗜肥，且喜阳光，故花谚有所谓“清兰花，浊茉莉”和“晒不死的茉莉，阴不死的珠兰”。茉莉初夏至晚秋开花不绝，栽入紫砂盆里，用来点缀客厅，很是清雅宜人。

小巧素白的花瓣，缀满丁香的情愫，气韵萦绕，就像氤氲在夏夜里的薄薄的梦，或梦的翅膀上一抹久远的心思。

悠长的小巷，依稀走来清秀的女孩，乌黑的长辫，如湖水般清澈的双眸，有着令人心颤的美：“好一朵茉莉花/好一朵茉莉花/满园花草/香也香不过它/我有心采一朵戴/看花的人儿要将我骂……”一曲茉莉花，芬芳飘四方，民歌小调《茉莉花》，流行于江南，旋律委婉，淳朴柔美。一朵朵洁白的茉莉花，是纯真无邪、洁白无瑕的象征，拒绝着嘈杂与华丽，拒绝着矫情与轻浮。

据说，茉莉花最初的故乡在印度。四十多年前，父亲就把泰戈尔那轮柔和的《新月集》传授给了我。沿着茉莉花开出的悠远的香径，我读到了泰戈尔《第一次的茉莉》。泰戈尔的诗歌，是那么恬淡，清新，自然，多像新月下幽然开放的茉莉花。再以后，一个年轻的夜晚，如轻风吻过百合……我人生初识的姑娘将一首清芬缠绵的歌拂过我的心头。但仅仅是一年之后，翰墨凋零，帘幕重重，漳河边，新月下，那首似淡似烟的《茉莉花》歌声苍凉响起，已是花自飘零水自流。“好一朵茉莉花/芬芳美丽满枝桠/又香又白人人夸/我有心采一朵戴/又怕来年不发芽……”

曾经的相遇相知，成了彼此生命中路过的风景。所以，又时隔多年后，在电视剧《人间四月天》里，手捧洁白茉莉花的徐志摩深夜叩开林徽因的门扉……彼时，他心目中的女神已经选择离他而去，让海角隔了天涯，让一念成了云烟。当茉莉花雨飘落的瞬间，音乐声起，我的心头却是一片止水般平静。

今夜，母亲为我简单布置了一下，让我仍睡在多年前属于我的房间里。

这是一个美丽的夜晚。窗外的小院里，茉莉花静悄悄地绽放，把阵阵幽香送到我的书页间，落在我所读的地方：“我要悄悄地开放花瓣儿，看着你工作……”夜空微茫，星星高远。今夜的茉莉花，就是泰戈尔柔和平静的目光。这是一种父亲般的注视。

茉莉花，开白瓣，开在绿叶之间，开在宁谧的星光下。

初夏的夜晚，如此清芬。润凉。

>>>
荷花

三十一、摇摇桂楫　采采芙蓉

读了季羡林的《清塘荷韵》，不禁痴想：如果自己也拥有一片方塘，碧水娇荷，清香远溢，该是何等的奢侈！

一个难得凉爽的周末午后，和几位朋友驱车来到水韵荷香的陶辛，在我的学生的安排下，坐上那种“梦入芙蓉浦”的小楫轻舟，长沟悠悠，木桨击水有声。望不尽的莲塘里，朵朵粉妆，倩影照水，让人眼花心悦。

行舟观荷一圈，上了香湖岛。岛方圆两三公里，有莲塘，有山石树木，回廊相绕，人行阡陌中，荷香袭人衣。被无边的凉意包容，暑气早就没有了。满眼的碧盖挤挤轧轧地撑开，荷涌动，水亦涌动，至于被绿叶遮掩着的莲蓬，鼓鼓的莲子快要从里面蹦出来。而莲的初蕾，更像一管管饱蘸了朱砂的大头羊毫，似乎正要书写王昌龄的《采莲曲》：“荷叶罗裙一色裁，芙蓉向脸两边开……”那些亭亭的花，或初绽，或盛放，尽皆张扬着自己青春的美丽。

红白莲花开共塘，两般颜色一般香。以我多年生活在圩区的经验，家藕开白花，野藕开红花，但此处观莲不能类推。在这里，虽同为红花，却有粉红、水红、大红、绛红区分，设色之迷繁，都是人工挪移的杰作。应该说，白，乃莲特有之品性颜色，当大片白莲跃入眼帘，尘心为之一净。看这朵，粉瓣初开，纯洁无邪，婉转轻盈，宛如少女飘逸的裙裾；观那朵，丰润舒展，清婉隽秀，小巧精致的莲座拥一圈金流苏，仿佛轻摇在玉碗中的翡翠酒盅，正叮咚奏响高山流水之音。

约在四时多一点，突然乌风黑暴，噼里啪啦的雨点将游客一起逼入长廊。没想到，雨中观荷别有情趣，长风阵阵袭来，绿的叶、红白的花你推我挤……急骤的雨点打来时，一片呼呼声响里，万千翠盖迷失于水雾里。但夏天的雨来得快去得也快，只一支烟工夫，头顶上就清亮了。雨点零星飘落于荷盖上，一点一点地晶莹滑动着，蝉声断续响起，有一种说不出的清新宁静。许多黄颜色蜻蜓，从荷下点水而过。“快看！那边起了虹……还是双虹哩！”有人喊了起来。正对斜阳的方向，果然有两道内外套叠的彩虹横卧在青山碧水的上空，映得荷塘如在油画中，景致难见，真是机缘不如眼缘。

我们走出长廊，折道湖边，一座曲桥逶迤连接湖心的八角亭。绿叶洗过暴雨，脉线灵动，微风摇曳之下，点点红莲飞衣，缀于其间。一位同行的女伴，感此景致，不禁幽幽地说，自己的前世或许就是这碧叶间的一枝莲……“此花此叶长相映，翠减红衰愁煞人”，飞花曼舞，江南缱绻，立身长桥之上，所有的心事，都是那么杳远而又切近。我笑她好生多情，视野中的景物如此频变，流水携着落花，微风拥着轻絮，自一个个季节徐徐流过，又何必在乎一次云起雨止的穿越？

在香湖岛餐厅吃了晚饭，菱角菜、鸡头菜、氽汤

<<<
荷花

莲子、醋拌花香藕、炖鱼头和纯农家风味的烧子鸡，加深了我们的田园记忆。当我们又坐上回程的小舟，一轮将圆的月亮早从树梢那边升上来。桂楫摇摇，穿行在清新的荷风里，荷叶在缓移，水流在缓移……宁静的夜色中，有一种清纯之美，近乎禅意。

说来也巧，从陶辛回来的次日，打开十多年前就挂在报头上一直不曾更改的邮箱，看到一封信。

尊敬的谈老师：您好！

“当满月的裙裾款款落入水面
如梦的手指　轻弹
你河蚌一样徐徐张开的心思
而我的灵魂温柔无语地重叠
只为等待
你一次清清浅浅的回眸……”

谈老师，这些您写的句子，不知您还有没有印象？当我第一次拜读这些清丽典雅的句子时，还是一名在校生，时光荏苒，现在我已工作好几年了。前几日看报上一篇文章，里面谈到文化散文，看似闲闲几笔，却像放在案几的吸饱了墨的狼毫笔，有举重若轻的分量，让人肃然起敬。我不由看了一下作者的名字，却觉得这个名字在记忆中若隐若现，忽然闪念之间，灵光乍现。令我突然想起很久很久以前，我曾背过的一首诗歌《莲之濯》，当年它是以诗配画的形式出现在报纸上的。这些句子清扬婉转，宛若佳人，让人过目难忘。

当年记下的诗句，现在忽然又见到谈老师的名字，呵呵，有如故人相逢，只是对谈老师来讲，肯定是读者相见不相识，笑问客从何处来吧……年少读书时有幸读到您的曼妙华章，后来，迷上写作的我，自然也喜欢上这种清新淡雅的风格。而今又看到您的名字，……我将自己两篇的习作寄给您，不知您看后，可否看到几丝浸润您当年风格的笔风在其间？

——因了莲，一首往日的旧作，被人重提，提起来也就想起来。心里真要感谢这位当年的女孩。

<<<

荷花

>>>
野芹菜

三十二、野芹的伞形花族徽

有好几回我在徽州游玩时，看完了主要民居景点，就到村外瞎转。山区的天空，一年四季都是清澈明净的。无论水沟山坑或是小溪没脚深的浅水里，都能看到旺生旺长的野芹，在春阳下散透着浓郁生命气息，映对着残垣断壁，有一种落魄而丰韵的美。野芹地下根茎肥美白嫩，很容易扯断，须耐着性子慢慢拔，才能拔出完整的植株。每一回，或多或少都能弄一些带回家，和干丝、红椒丝同炒，颜色搭配十分养眼，让你吃出很不错的心情来。野芹凉拌了，有一种稍带淡淡苦味的安谧静远的清香，不由自主便想起杜甫"香芹碧涧羹"的诗句来。

野芹喜欢湿脚的地方，它们茎干中空有棱，只要有清风有阳光，就开心地呼朋引伴漫布一整片水域。古代的云梦泽，大得不得了，但水都不深，长着许多挺水或浮水的草本植物。颇有点寒门名士根基的野芹，那时便跻身其间。《吕氏春秋》点评说："菜之美者……云梦之芹。"眼下，云梦大泽早已蒸发干涸，野芹被迫四处迁徙，大部分仍逐水而居，另有一批则洗脚上岸另谋生计，只为能延续那一脉安谧静远的清香。

夏天，野芹开花，再美味的野菜，到了这个档口都老得不能进嘴了。一大片聚族而居的野芹，绿茎顶梢皆擎一枝伞状花，白花花的一片，看起来近乎全是一个模子刻出来的。有时走在山道上，沿途也有它们的踪迹，只不过稀稀疏疏，是少许落单的野芹在齐腰深的草丛里努力举着伞花，那种清明、清透的白，衬托着荒野异常岑寂。

要是移步过去凑近细看，伸头会闻到一股微酸的类似话梅糖的味道……这些顶生或腋生的茶碗大的白花，由无数朵细碎小白花组合而成。每花有瓣五枚，花蕊如昆虫触须那样伸出，细到勉强可辨识……它们会自同一个基本点往上展开，形成一个圆弧面，像一把小雨伞，这便是伞形花序。但是野芹的那些小白花并不想就此罢休，除了十数朵小花一起联手聚成一个伞形花序之外，各个伞形花序之间，似乎又更有默契，齐心合力，自一个壮大了的基准点，往上再展开一个更大、更壮观的圆弧面，构成了蘑菇伞一样的大花团，这就是植物学上“复伞形花序”。

我们童年岁月里十分熟悉的胡萝卜花，就是“复伞形花序”的模范生。荒地里到处可见的野胡萝卜花，更是将“复伞形花序”演绎到完美，几乎看过一次就再难忘记：数不清的细白的小花从中心分几层向四周迸开，就像夜空里放射细芒的焰火。凭借这个鲜明的族徽，即使是刚开始接触植物分类的人，也能轻松报出它们的科名。

其实，在伞形花科的这个家族中，有许多种类都和我们的饮食有关，像菜园子里的芫荽和茴香等，它们体内分布许多油腺，散发出特别的香味，作为灶头调料，更能升华口舌之欢。只是它们的族徽标志伞形花，开得太随意散乱，一点也不圆不规范。

须当心的是，另一种有大毒的叫石龙芮的毛茛科

<<<
野芹菜

植物，用心模拟了野芹的长相，几乎可以乱真，我们喊作“假芹菜”，只是到最后开出的五瓣黄花泄露了真容。能在伞形科扬名立万的，终归还是能入口的东西……除了营养大师胡萝卜外，像当归、柴胡、藁本等，则都是重磅级中药材。

野芹受此熏陶，除了讨欢口舌之外，也常被用来辅助治疗一些病症，比如解热、益气、降血压等，都有不错表现。

>>>
鸭跖草花

三十三、飞往故园方向的鸭跖草花

有人的地方就有江湖，有林子的地方，就有开出深蓝小花的鸭跖草。鸭跖草的比指甲盖还小的花，只短暂开在林下或荒野阴湿处，故很少有人注意到，就算偶尔见上一面，也叫不出它们的名字。然而，对于我来说，发现和辨识植物，会让内心伫满欣喜。

夏季露珠闪闪的早晨，无人的林子里，远处淙淙的水声仿若空谷足音。鸭跖草从叶腋下静静抽出长柄小蓝花，三片花瓣，两大一小，上方两片颜色深蓝，像刚从染缸里浸出来，下方花瓣浅白，花蕊金黄……粗看就是两片朝一个方向挺翘的瓣，另一小片在呼应着，如同美丽的蓝精灵，似乎一不留神就从眼前飘走消失。未开的花，被包在一个小巧的荚里，露出顶着十字状黄药粉的白蕊丝，也是十分轻灵别致，穿着晚礼服一样玲珑可人。鸭跖草的叶，似竹叶而软厚，嫩梢头能当野菜食用，故又被喊成竹叶菜。鸭跖草也是那时赤脚医生们草药花名册上常客，药用全草，主要功能是利水消肿。

鸭跖草的花，能从夏天一直开到秋天，可惜每朵花的寿命太短，只有一天都不到的时光。据说，在日语中，称鸭跖草叫“露草”，意味着像露水一样短暂，太阳出来就消失不见了——我们现在已经知道，鸭跖草的花确实是在清晨带着露珠开放，至中午凋谢。50年前我上小学时，写字用的蓝墨水，都是在商店里买来墨晶稀释出来的，有人连这二分钱一支的墨晶也买不起，就在早晨踩着露水去野外采集来一堆鸭跖草花，挤捏出一滴滴蓝汁灌入墨水瓶里，竟也能在纸上留下浓淡相宜的字迹。

我们很多人见过或亲手养过的紫鸭跖草（也称紫竹梅），和鸭跖草是同科不同属的近亲。它们都是匍匐茎，聚花序顶生或腋生，花苞呈佛焰苞状。区别是，紫鸭跖草横阔肥壮，茎叶全紫，有的变种叶上有白色条纹，鲜紫红色小花成双成对生于茎顶端，晨开暮合。跟鸭跖草一样，三片花瓣两大一小，也有沾着黄药粉的细蕊伸出来。紫鸭跖草好养，我曾在别人那里掐来两段种在阳台上花盆里，半个月就成活了。茎紫初始直立，伸长后就垂倒分枝，节处生根，匍匐长了月余，悬挂盆外时便开出花来。一对小花在前面开放，紧跟身后就有一对花蕾待字闺中了……花落花开，传递不息。

一些花草以全身红紫而被赏识，如紫鹅绒、紫花菜，还有红叶李、红枫、雁来红等。它们有的红于三秋，有的春秋两头红，唯有紫鸭跖草一年四季皆红，永不变色。可笑我不知受谁误导，好长时间都把它叫成“紫罗兰”——其实，真身紫罗兰是一种直立的花和叶都很有模样的植物。

这世界上所有的花草，美艳也好，朴实也好，身世显赫也好，默默无闻也好……都是大自然的杰作。没有一朵小花是卑微的，再简单细碎的花儿，也有信念，也闪耀着自由的光芒。你越是俯下身子察看它们，亲近它们，越是觉得它们精美迷人。

<<<
鸭跖草花

总是忘不了故乡的梅雨天，水一点点涨上来，野地里鱼腥草、通泉草、附地菜，还有也是开着极小花的铜锤玉带草都被淹没下去。最后，水际线渐渐爬到林子边……再过了一个时辰，鸭跖草细长的身子便随波逐流漂浮在浊水上，附在茎叶间幽蓝的小花和露着黄药粉的佛焰苞，被细浪冲击得左摇右摆，逗引来小鱼跟着啄来啄去。

……鸭跖草的夏天，那种感觉如今是那么清晰而遥远。

>>>
凤眼莲

三十四、凤眼莲的繁华旧梦

在植物分类学上，凤眼莲属于一个怪怪的科，叫雨久花科，如果知道它原产南美，似乎立刻就闻到了亚马逊雨林蓄出的那片庞大沼泽的浓烈水汽。凤眼莲因为开花好看，最初作为观赏植物被好事者引入，上个世纪五六十年代又被作为猪饲料推广……谁也没想到它会反客为主，繁殖速度太快，除了怕冷的北方不能侵入，在中国南部水域广为扩张，几乎不可收拾，成为外来物种侵害的典范之一。有的地方，凤眼莲堵塞了河道，密到都能在上面走路，鱼死船歇让人抓狂。

凤眼莲是个充满文人气质的名字。其浮生水面，叫水浮莲是恰如其分的，如根据叶柄有泡囊而称作水葫芦，则是民间的形象处理了。凤眼莲叶卵圆形，直立，顶端微凹，翠绿光滑有质感，看到就想伸手摸一下。生于水底节间的黑乎乎毛根，既能吸收养分，又能快速分蘖。母株发芽后长齐了叶片，就在水下伸出一段脐带根茎，萌发下代新苗。小苗长齐两片叶，接着生出根须，随着叶片增多，分蘖也越来越快，时间不长就把一块水面全部覆满，往往只剩洗衣洗菜的水跳处因为不停扒捞，才留有一片照得见天空的白水。

凤眼莲在上个世纪初就被预言为“美化世界的淡紫色花冠”，花开起来一派喧闹好看，美得令人炫目那是一点不假。高出叶面的花茎，举着硕大穗状花序，聚花十数朵，花被六裂，呈多棱喇叭状，花瓣有浅蓝、紫蓝或粉紫……正上方的一片花瓣较大，瓣中位置那个奇特的鲜黄斑点，形如凤眼，又像极孔雀羽翎尾端的花点，有着一种诡异的妖艳，要是科幻片看多了，感觉它会跳上岸满地行走……凤眼莲精力无比旺盛，整个夏天到秋天都在开累累硕硕的花。在稍安静的水域，那些花开得很猛，远远望去，就像一块绿毯上倾满紫蓝颜料，又像飘着一层紫蓝的雾。

我下放插队时，凤眼莲被当作典模对待。生产队长从公社开会回来，挑回水淋淋的两箩筐碧叶水草，说是叫“水葫芦”，有了这宝贝东西，养猪饲料就不烦神了。被投到水塘里，先还用竹竿拦起来，怕漂散了……岂知这东西有着超强的无性繁殖本领，身体不断裂成许多小块，哪怕是一块“断肢”，都能迅速长成完整的个体。在风和水流的作用下，它们不断扩大着自己的领地。不多日，一个水塘就给铺满。队长又分了一些给各户拿到小塘养，但这东西猪并不爱吃。冬天时，还要专门挖窖储藏，不然露天就要冻死。因为长得太快，渐渐地就无人问了，任其自由扩散霸占水面，好在下霜了就死光光。但总有一棵两棵漏网的挺了过来，于是来年再发，长满一塘，到了冬天又没有了……如此反复。那时一到梅雨天发大水，河道里就不断有大片大片开着花的凤眼莲给冲下来，有时就是一座盘根错节的流动“岛屿”，紫色的花在风里摇曳，终随流水漂往不知处。

1989 年夏，我想往自身价值的另一方向突击一下，就打了报告停薪保职，仗着当过几年人医、兽医的功底，隐身在离学校十多里的地方养猪。五十头金坛猪，

<<<
凤眼莲

架子拉起来后特别能吃，装来一三轮车饲料，三天不到晚就没有了。节骨眼上，城里饲料厂竟然因调不来北方的玉米而停产，真是要人命的事……幸亏附近一条河道里长满凤眼莲，帮我撑过了一星期，猪虽然没精打采都掉了膘，但好歹没有饿死。

那天，我陪人去花店里选花，竟然看到作为示范摆出的插花中有一枝是凤眼莲——那无比熟悉的身影，我闭着眼睛也能说出它们的模样：穗状花序，每花六瓣。最大的瓣也是最美的，它的奇特斑点外层淡粉，往里是玫瑰红，然后是紫色，中间一圈明黄，像凤的眼，又像孔雀的翎羽，更像是漂浮的梦……

>>>
凤仙花

三十五、往日里的好女儿花

许多花取名，与肖形有关，如凤仙花，就形若飞凤，首尾翅足，皆翘然生动。

凤仙花落地生根，什么地方都能活命，甚至在一些老宅绿苔痕的天井里，也见得着它们灵动的红白花形。它们的根就扎在潮潮的石板缝里，高可及膝，花开叶腋间，被细长的花梗托着，似一只只心怀喜悦要飞的小蝴蝶。细叶边缘有齿形，很薄，摘一片，对着天井里的光线，阳光能均匀地透过背面。还有一些被小姑娘们种在破脸盆、破瓦罐里的凤仙花，随随便便就摆放在宅院里，或是窗台上，也能开出一小片飞翅翘然、深红浅白的风景。

大凡这类肖形花，都是很俚俗的民间“贱”花。然而，凤仙花又确实做过宫廷花出身似乎不俗，证据之一，便是其别称“好女儿花”。名之由来，乃宋光宗时，避皇后李凤娘讳，宫女们遂有此改唤。李凤娘姿色艳丽，却是历史上有名的妒妇，一生征服三代皇帝，在两宋历史上可谓绝无仅有。

一直饱受争议的女作家虹影，写过一本比较出位的《好女儿花》。因为被冠以“自传小说”或“半自传小说”，肯定会泄露自身的某些信息密码。“我”母亲的小名叫小桃红，母亲的命运也如同此花，卑微，却能尽情释放着美丽……也正因此，人间的苦难，一桩桩地，都被母亲柔弱的肩膀扛过去。虹影的文字是漂亮的，但是人们似乎更关注“二女共侍一夫”的情节，虹影于是便永难修成正果。

不过，无论是呼作凤仙花还是“好女儿花”，女孩子们倒也真的深爱此花，除了悦目赏心之外，更因为它能染指甲，所以又称“指甲花”、“女儿红”。“指甲花”，我故乡的方言发音作“直胳花”，吐气急切而短促，很合女孩子的那种快舌快语却又不失一种亲昵韵味。

我岳母李扶初的曾祖父叫李成谋，曾国藩麾下的湘军悍将，至今采石矶上那块“燃犀亭”碑题以及太白楼“千载独步”匾额便是出自这位长江水师提督之手。算是名门之后的我的岳母，少女时代是在南陵县城徐家大屋度过的。听她说，每到夏秋的傍晚，一大帮女孩子们便呼朋引伴采来凤仙花瓣，剔除白络，伴上少许明矾放入特制专用的钵内捣作猩红花泥，敷在指甲上，再用碎绸或叶片包扎好。隔夜至晨，除去花泥，争比谁的纤纤十指蔻丹鲜艳娇丽。尤为“乞巧”（七夕）之夕，几乎每一个女孩都要采凤仙花染红指甲……眷此良夜，月华露冷，若有曲栏幽水，当是能倒映出一群婉致清丽的身影。

染指甲的风气，自唐代始即由宫内传至民间，至南宋末最为盛行。文人尤多联想附会，爱将丹指比作颗颗红豆。诗学李贺、有“文妖”之称的元人杨维桢就曾纷驰异想，广遣奇词：“金盘和露捣仙葩，解使纤纤玉有瑕。一点愁疑鹦鹉啄，十分春上牡丹芽；娇弹粉泪抛红豆，戏掐花枝搂绛霞。女伴相逢频借问，几番错认守宫砂。”别的不比，单单比作“守宫砂”。“守宫砂”是什么？是点在少女藕臂上的一颗鲜艳红痣，验证贞操的身份牌，可见此花确实同女孩子有缘。

凤仙花谢后，结实如小毛桃，故凤仙花才又唤作小桃红，这倒像是一个风尘艺名。种子熟后，靠蒴果外皮炸裂翻卷弹射而出，以是趣称“急性子”。我们小时候手痒没得玩，就专寻那些黄褐色荚果，伸指头一碰，机关触动，看谁弹得最远，黄褐色越深，爆发力越大。后来我做赤脚医生时，曾用“急性子”加威灵仙治愈一因鱼骨刺喉而几成瘰块的老年病人。

凤仙花家族庞大，据说共有五百多户头。人工着意栽培的，多见深红或纯白重瓣，花大而繁，粉团锦簇，有一种丝绒般艳丽的质感。在我教过书的那个西河中学，一水之隔，是分属另一县的东河中学。有一对从上海来的姐妹花，姐姐叫蓉仙，能歌善舞，为追随自己的学生来到小镇而成了我的同事；妹妹则又随姐姐而来，与自己的丈夫还有姐夫一起落户在对岸的东河中学，两个男人都有着浓烈的艺术气质，值得追慕到天涯……记得东河中学教师宿舍外面空地上长着不少凤仙花，都是妹妹种的。妹妹的名字，就叫凤仙。

那年秋天，在一新贵的豪华客厅，我见识一株名贵的植于宜兴紫砂钵内的五色品种，是由新贵的那位看上去相当冷艳的年轻夫人从卧室飘窗上捧出的。同一植株，花开红紫黄白，尤其是那洒金瓣——又称“喷砂”瓣，粉白质溅点点嫣红，色如凝血，高洁娇艳……真个是回眸轻一瞥，刹那直倾城！时近中秋，倏忽忆起，竟于眼前挥之不去。

>>>
洗澡花

三十六、洗澡花的流年碎影

多年前，我曾在东郊路旁张家山居住过。那闹市一角的石坡旁，重重叠叠地衍生着一大片无主的洗澡花，每到暑气收降、凉意新生的傍晚，就有无数细碎嫣红的长喇叭状花朵，争相从那些繁茂的绿叶间朝外开放。或许因为它是一种上不了画谱的很低贱的花，所以那么多男男女女、老老少少或骑车或散步经过它旁边时，谁也没有驻下足认真投去一眼。然而，洗澡花却自管开着，没有人浇水、施肥或设一方呵护的藩篱，它是为自己开放的……它没有红颜薄命之叹，谁也不会将它挖去移入盆中或折断插进花瓶。

夏日午后，刚刚过去的一场雷雨涤尽了令人心烦的暑闷。雨后的斜阳挥洒着令人诧异的奔放色彩，路旁的一蓬蓬洗澡花，水碧浓绿的叶子上也映射着流苏一般的闪光，一些细长花蕾已迫不及待绽开，似带着些许激动，些许羞涩。那些半开和全开的长筒五星形小花，各种朝向的都有，或逆光，或在阴影中，因色彩的纯度和明度不同，而呈现不同的变化。即使在最不起眼的地方，美也是不会落寞的。

我不知道，洗澡花是否也是城市的移民？但我相信，洗澡花的确更属于那片远天远地的乡村。

在我的印象中，洗澡花从不侵占正经的田园沃地，它只是随意而安静地生长在村头、篱边、檐下。晚蝉声里，洗过澡的孩子躺在场院里的竹凉床上，泼出的洗澡水在洗澡花的根边留下渍印。蝙蝠不断在头顶穿飞，萤火虫出来了，还没有黑透的天边，拖曳着微弱的亮光……仰面数着薄蓝天幕上初现星星的孩子，常常一伸手便能捋来几茎或红或黄的花，合着幽幽的暗香放手里把玩着，如果捋去细喇叭底托，抽出一束细长白嫩的蕊丝，含在唇间吹奏，会发出呜哑之声。女孩们则另有玩法，她们会摘下花倒挂于耳际，晃动着脖颈，“耳环”摆动起来，一串笑声随之而起。

其实，洗澡花是由黄昏到翌晨通宵开放着的，夜色愈深，香气愈浓烈，太阳出来，它的花就凋萎了。喇叭形（或臼漏斗状）的花，像牵牛花、打碗花，还有别的一些开在林中幽暗处的蓝颜色、紫颜色的花，含花青素的细胞液多呈碱性，故经受不了阳光的灼晒……它们如同那类只待在僻静中的婉约女子。

旧时乡下女人，白天在田里干完活，回到家，做饭，喂猪，侍候完了孩子侍奉大人，待到一家人都吃好饭，才于黑暗里边收拾饭碗边抢着朝嘴中扒上几口，再摸着黑洗完澡。把洗澡水泼到了洗澡花根下后，还有一家子人的汗衣堆在那等着拿到水塘去洗……这一切全是在暗地里进行，陪伴着她们的，就是那些悄悄开放在身边的洗澡花。我的一个叫小凤子的表舅母，干活特别麻利，真的是嘴一张手一张，当年由姑娘嫁过来时，唇红腮红很是美健动人。老人们说，她的五个小把戏（孩子）都是摸着黑带大的，个个都像洗澡花那般泼皮。

夜晚在乡村走路，闻到一阵浓郁的清香，那一定是洗澡花了。清晨，洗澡花每一朵细长的花苞上都悬

<<<
洗澡花

垂着一滴晶莹珠露。那些已开了一夜的花，深红姹紫，色近胭脂，故称“胭脂花”。因其花香酷似茉莉，又赚来一个“紫茉莉”的学名。

洗澡花不仅花繁，而且花期长，可以从初夏一直开到晚秋甚至初冬。其花可治下痢，以白色者为佳。种子较大，色黑，有棱，极像老蚕拉出的粪；除去粗黑麻糙外皮，滤出的淀粉可食，往昔贫家美妇将其研细掺上香料作化妆粉扑脸。其枝干有节，突兀若鸡腿拐骨，朝阳一面多紫红色。地下的根，膨生多年而造化有势者，稍加研修可制盆景……至于一些若马铃薯大小的块状茎，则常常被奸诈之徒刨出加明矾蒸透晾干，冒充治头晕的名贵药材天麻。其区别，仅在于天麻纵向皱褶集中处有一带钩的鹰嘴状尖端，且切片透明，故称“明天麻”，而紫茉莉根此二者皆无，但罪不在物而在人。

汪曾祺一直称洗澡花为“晚饭花”，按他的描述，晚饭花是“使劲地往外开，发疯一样，喊叫着，把自己开在傍晚的空气里。浓绿的，多得不得了的绿叶子；殷红的，胭脂一样的，多得不得了的红花；非常热闹，但又很凄清……”这个可爱有趣的老头，著有《晚饭花集》，深绿的封面上墨绘一蓬花叶，是很脍炙人口的一本书。行文叙事，极醇浓的味道，情美，景美，人美，如桥边自在的流水，一切都是那么叫人神往。说来好笑，此书我前前后后共买了三本：第一本逢人说项“哥们义气”推荐给了一位并不真正读书后来入了仕途的朋友，很是后悔不已；第二本插入架上不翼而飞，不知花开谁家宅边地头去了；第三本，是三年前夏天大汗淋漓地在老新华书店大楼下一旧书摊上偶尔觅得，掏了 10 元钱，真是如获至宝。

<<<

洗澡花

>>>
玉簪花

三十七、玉簪娇莹『江南第一花』

夏夜散步，走在公园林缘地带，一阵浓香飘来，看到簇簇白花开放在夜色中，感觉很是清宁宜人。

玉簪是百合科多年生宿根草本植物，开花也像百合，花苞娇莹状似簪头，是以得名。通常而言，开白花和蓝花的都能耐阴，在景观地带，三两成丛栽在树下作地被植物。“玉簪香好在，墙角几枝开”，这样的花，似乎最宜出现在古典庭园及庙宇殿堂边，勾栏近水，钟鼓梵音，环簇的白花，分外给人以清凉澄澈之感。若是将它放置窗前案儿，那洁白的花儿芳香缈缈，夜晚开放，过午半合，禅意无限，无怪乎要被宋朝文坛大佬黄庭坚誉为“江南第一花”。“第一”者，无可超出也。

玉簪的根状茎粗壮，有多数须根，叶片宽大，具长柄，叶脉弧形，花开漏斗状，上部六裂，下部花筒细长，像个长喇叭。花梗由叶丛中抽出，长得不算高，由下往上，一朵一朵的花依次开出，顶上青绿的花苞则紧紧挤在一起。那些已经长成的白苞，一头丰满，一头细长，水灵有神，美丽高洁……旧时妇女如何盘头别发插上簪子，现代人已不复能见，但玉簪花苞的可人模样还是摆在那儿。

玉簪花是否当得起“江南第一花”并不重要，而是玉簪的美妙只有斜插在青丝发髻上才能得以体现。有时，眼前就会幻现出一个云鬓间钗横簪绾的曼妙女子，手执团扇倚坐窗下，温婉，恬静，那份轻盈动人的雅致，难以言喻。上官婉儿是司玉簪花神，传说这位深宫才女最喜花前读书，尤爱在夏日的傍晚，伴着玉簪花的幽香，或吟诗作文或研习水墨丹青。流年伤情，宫花寂寞，她的人生里，不可避免也落满孤芳沉影。

在乡下，玉簪花又名催生草，过去女人生小孩要用此花催生。因此，凡是家里有育龄女人的，都要在墙边栽几棵玉簪花。玉簪花生命力极强，孩子们从别处拔来几棵幼苗，放进墙根下剜出的小洞里，随便填上土浇点水就能活。几场春雨夏风，翠绿的叶裹拥着白花，那就是一种母性的色彩，一种充满了内在力量的孕育的色彩。听老辈人讲，房前屋后栽玉簪花，还可以避蛇，蛇怕一切白色晃眼的东西。

我下放的邻村，有一女裁缝，很早死了男人，一个女儿师范毕业后分配在山区当老师。女裁缝带了一个腿有残疾的姑娘做学徒，住在一幢徽式老屋靠北的偏房里。因为光线不好，冬天里师徒俩就把缝纫机和一张老式梳妆桌抬到屋外来，边晒太阳边做活。女裁缝人在中年，腰身款软，肤色白净，与一般胼手胝足的农妇有着很大差异，却盘着一个俗称“粑粑头”的老太婆发髻，斜插一根闪亮的银簪。夏天到来，她们的屋檐下就开出一丛丛玉簪白花，总是有几只白粉蝶黄粉蝶在那些花间翻来绕去地飞，像是寻找什么，又像是要见证一个长长的思念……跟裁缝跑得近的多是女人，女知青弄来军装，就拿过去改成收腰的，还能顺道学一点盘布纽扣和用白纱线勾衣领的小技巧。有

<<<
玉簪花

一次听她们道出一条惊人消息：女裁缝卧室暗处偷偷供着佛像，还手指刺血抄了一本佛经……但谁也没将这事告发上去。我恢复高考上学时又听到后续故事，原来女裁缝的男人并没死，两岸通联，先是辗转到香港见了面。再后来，男人回大陆探亲，悲欢离合彩云归，让人好不唏嘘！

一花一世界，一叶一菩提。每个女人都是一朵花，一朵属于自己的花……她的精魂，可以化作一只蝴蝶，回来找寻自己，在每一朵花间飞来飞去，不舍不弃。所以，佛祖拈花而迦叶微笑……这一笑，便是整个世界。

夜空下，玉簪花默默开放，一幅清寂致远的模样，让躁动的心得以平静。

>>>
茨菰花

三十八、白花黄蕊的『慈姑』情怀

我居住的小区，几处水景池塘里，长着睡莲，也长着几丛极有风致的茨菰。整个夏季里，睡莲都在开花，红的、黄的、白的，纷繁而静美。茨菰长在池塘边的石缝和栈桥的栏杆旁，有的延伸到深水区，长长的叶柄挑着箭头形的叶片。眼下，它们从水底根茎抽出的花梗上，正开着许多纽扣一般大的小白花。每一朵花，都有三枚圆形花瓣和杏黄的蕊，模样与水仙有几分相似，并不是很漂亮，而且什么香味也没有，却干净，玲珑，冲淡宁和，惹人怜爱。花底叶下，附着一些螺蛳清晰可见，许多红鲫鱼和锦鲤来回悠游，闲适而惬意。

我每次散步，走到那些水景边，总要长时注视着这些开着淡白小花的茨菰，它让我想到家乡。家乡的河港塘汊和溪流的浅水处，总是旺旺地长满野茭白、野荠子草、蓑衣草、水菖蒲、红蓼和茨菰。茨菰最显眼了，因为它那与众不同的箭头形叶片和白花，老远就落入你的眼帘。“茨菰叶子两头尖”，到了深秋，茨菰的根部就能长出许多乒乓球大的椭圆球茎。球茎浅紫或土黄色，有两三道环节，我们喊“茨菰嘴子”——也就是顶芽，弯弯的样子，就是一个放大的蝌蚪形逗号。

所以，才有那么多画家都喜欢画茨菰绿的叶子白的花，还有它弯嘴顶芽的可爱球茎。齐白石有《茨菰虾群》，笔底的穿插和聚散，你不知道谁是谁的补景？李苦禅的《茨菰鱼鹰图》看上去更经典：鱼鹰立于岩上回首远眺，映衬着脚底的犁尖燕尾般茨菰的绿叶，还有浅浅一点的小白花，显得那么朴素静谧，水汽氤氲……原来，画家巨匠们也曾留意过这些微不足道的、看似贫贱的闲花野草，一点一珠光，淡简的笔触里，寄存着一份浓得化不开的俗世情缘。

茨菰为泽泻科水生或半水生植物，也有写作“慈姑”的，意味着有慈悲心怀，能慰人间冷暖。

在我家乡的那片圩野上，冬天到了，水塘干枯，大人和小孩子就会扛着锹到处挖茨菰。谁出力气多谁的收获就多，一般来说，一个十来岁的孩子，一上午挖满一篮子不成问题。挖茨菰时，常能捎带挖到那种瘦精精的铁锈色野藕，还能挖到黄鳝、泥鳅什么的，若是刨出了一只砂锅大的肥硕老鳖，那就是中大奖了，一声欢喜的叫喊，引来许多人围观。挖出的茨菰，直抵灶头烟火，烧五花肉最好，吃到嘴里酥酥的，粉粉的，是那种很有咬嚼的、浸透了油香而又带有淡淡苦涩的粉，粉得极有个性，有独立品位和格调，让你过口难忘。沈从文喜欢吃茨菰，他给茨菰的评价是比土豆“有格”，真是非常精妙，大家就是大家，说什么都能切中要义。

数年前，同住在一个小区的林仙儿送我两棵睡莲，被我养在一口青花缸里，从五月到八月都有花开。前年冬天，我从乡下带回一小袋茨菰，断断续续吃了很长时间，最后清理厨房时，还找到两个遗漏的，顺手就插进养睡莲的缸里。冬去春来，睡莲新长出的叶丛

<<<
茨菰花

里，居然冒出数茎高挺的犁尖叶。或许是缸里泥沃水肥，几片高叶长得特别滋润，看上去竟有点像龟背竹，有爽快的清香气自叶脉里逸出。入夏后，叶底抽出两枝花梗，各开出一串浅浅小碟一样的白花。花瓣像绸缎一样厚实，花蕊杏黄色。

因为尘世有它们放不下的牵扯……花开一季，蔚郁藏在心里，是怎样一场不舍散去的约会啊。

>>>
芡实花

三十九、『鸡头』上开出潜水的花

鸡头菜早年遍布乡下大小池塘。绿叶翻过来一面紫红，经脉凸起，曲折崎岖，边缘一转向上翘起而多皱，圆盾形，大如荷叶但不似荷叶那样挺水，浮生水面更似电视里看到的南美那种边缘上折如盆的王莲。其实，性喜夏日阳光的鸡头菜，同睡莲、王莲正是一科的。只是这鸡头菜却绝不似让人观赏的睡莲那般妩媚和厚道，满塘的叶子像被擀面杖擀开的一般，看似挤挤挨挨亲密无间，实则其叶、梗、苞无一处不满布尖刺。鸡头菜结果球形，顶部似鸡头，刺最长且密，令人望而生畏。其长达数米的嫩叶柄或花柄，撕去带刺的外皮，即为市场上出售的鸡头菜，又称“鸡头苞梗子”。

将鸡头菜折成寸段，用刀拍扁拍裂，与红辣椒丝一起爆炒出来，腴鲜可口，是农家常见的下饭菜。鸡头菜如藕茎肠子那般有许多中通小孔，生吃甜津津脆生生的，能咂出一股来自水域野泽的清新气息。但我们那时却喜欢把它衔在嘴里潜到水底换气，还拿它作电话线，牵起一端塞进耳孔，另一人将那一端握在拳心贴紧嘴边“喂，喂……喂”喊话，声音通过气孔传输，还真有点打电话的感觉。

鸡头菜的花开在悠长的夏日里，挺出水面，紫幽幽的。布满尖刺的粗壮花梗，也是紫红色，顶着绿色花苞，从厚叶下撑破一个洞升上来，水淋淋的样子，着实让季节有了几分风情和清趣。有多少荒僻的水面，就有多少鸡头菜花……蜻蜓喜欢绕着花苞飞，飞累了就停歇在刚打开的瓣尖上，白脸秧鸡踩着满是尖刺的叶盘子跑来跑去，被踩过的一角会在瞬间塌陷下去，但很快又从水下浮上来，居然有翠绿的小蛙一直伏在叶盘子上一动不动。

紫梗鸡头菜开紫花，如果是白梗，就开白花。花苞有四枚萼片，萼筒和花托基部愈合。花冠通常由数轮啮合状排列的花瓣组成，每轮花瓣四片，自外向内依次缩小。花瓣像彩纸那么薄，外面是紫的，往里渐渐晕染出霞红，明黄的蕊柱头呈辐射状排列，汇合成一个小小的圆盘。说不上是金屋藏娇，更不是红袖夜添香，富贵和风雅都离得很遥远……它的花瓣很务实，不会像睡莲那般全部撑开，而是始终由萼片包着，不会脱落。其实，鸡头菜的花只开一个上午，开完后就从戳破的叶子洞窟原路缩回，沉到水底孕育刺包里的鸡头米去了。

鸡头菜在水下都是一窝一窝的，一棵根茎上先后能长出十多个花苞，花谢苞沉，水底坐果。孕实的“鸡头苞”，海绵泡里包满石榴籽一般的果实，嫩时鲜红，可以连壳嚼，是乡间小儿专享的零食。老了，剥掉黑壳，里面的白米就是芡实，炒着吃，甘而香，故郑板桥诗里有“最是江南秋八月，鸡头米实蚌珠圆”。我们平常烧菜时“勾芡”，“芡”就是芡实加工出来的淀粉。

芡实有南芡和北芡之分，北芡茎叶果实上遍布尖刺，花白色，果小。产于太湖流域一带的芡，无刺或

<<<
芡实花

少刺，也有人把它当睡莲栽培以供观赏，一朵一朵的花，像飘在绿叶水面上的幽幽紫焰，有着姹紫嫣红都已开遍的阅世清凉……芡农们为方便采收，用一种专用纱布袋将刚沉入水下的“鸡头”套上，待果实成熟后连袋一起收获。我在太湖边小镇游玩时，常看到一些老头老太一边以方言拉着家常，一边用一把鱼形钳剪鸡头米，手法极是灵巧，飞珠溅玉，绚烂之极。他们脚边分别是两个笸箩，一个装黑溜溜的果，一个装莹白的米仁，地上留一堆空洞的壳……仿佛就是那些盈满水泽气息的紫花们遗落的梦。

>>>
夜来香

四十、夜色茫茫 花儿幽香

早先，江南小镇上总是有一些单门独院老屋，墙上爬满绿萝或是金银花藤蔓，很是清凉宁谧。夏天傍晚外出散步，晚蝉长鸣，许多蝙蝠在头顶上空飞来飞去……闻到了一股扑鼻的花香，比茉莉和白兰花都要浓烈，这多半是哪个院落里的夜来香开了。

要是能抬脚走进小院，你会看到苔痕斑驳的墙角下有一两丛小半人高的藤状灌木，白色的长柄小花缀满了枝头，形成一簇一簇的花序，如同打开许多把小花伞，仰向幽幽夜空。墙院里养夜来香，蚊子会少多了。

白昼里，夜来香就像羞涩的小姑娘，将花苞收束在枝头和叶腋下；到了晚上，枝叶慢慢舒展开来，那些花苞亭亭立起，开出一片繁花。如果再细心一点观察，你就会发现，这些五瓣小花并非纯白，而是接近黄绿色，伸出金黄的花蕊，身姿招摇，就是一群暮色中的舞者。

江南有些地方，把洗澡花喊做“夜来香”，是因为洗澡花同样日闭暮开，在傍晚时散发浓香。还有，就是它们的花形也有点相似，都是长喇叭状的五裂……然而两者色彩却相去甚远，洗澡花紫红，夜来香花白中带绿稍黄，花瓣倒心脏形，稍小，但厚实。夜来香又名“夜丁香”，倒真的跟白丁香花有点撞脸，花茎都是火柴杆长。但丁香花是开在树上，夜来香只能匍匐在地或攀缠上一些矮树，枝条细长节间怀满腋芽和花芽，随着生长，迁出侧枝并抽生花序，从初夏到中秋花都在开花，要是掐断它的枝条，有白浆流出。因为身形柔顺，多被用来布置庭院，或是点缀景观，安置在水边和亭畔，尤适于渲染夜景。

我是从听过一支歌之后才开始认识夜来香的。

1975 年的中秋节，和几个临时凑到一起的插友吃过晚饭之后，闲聊了一会，一轮满月升上头顶正中，勾起了满腹心思，于是有人情不自禁放开了歌喉。从“延河流水光闪闪”到“红莓花儿开”，忽然上海知青小沈低声哼唱了一支听起来有点怪怪的歌，最后却没能唱完，是忘了词。当她说出这歌名叫《夜来香》时，我心里别地跳了一下……这不是记在“汉奸女人”李香兰名下的那支歌么？好像还有《支那之夜》，正是当年日本人用来麻醉和销蚀我们沦陷区国民意志的那种靡靡之音。

五六年后，我已在乡镇中学教书了。同事严蓉仙老师是上海人，因为追随自己的学生而来到那个小镇。她学音乐出身，能歌善舞，热情善良，给过初来乍到的我不少帮助。有一次，不知怎么就同她谈到了李香兰，谈到了《夜来香》……她告诉我，李香兰那不叫“靡靡之音”，而是意大利歌剧的一种发声，叫“美声唱法”，四十年代风行上海……她家里一直收藏着李香兰的留声机老唱片，此外还有龚秋霞的《秋水伊人》和吴莺音的《明月千里寄相思》，到“文革”时才销毁了。说着，她就用教学的脚风琴伴奏，自弹自唱为我演绎了一曲完整的《夜来香》：

“那南风吹来清凉/那夜莺啼声细唱/月下的花儿都入梦/只有那夜来香/吐露着芬芳/我爱这夜色茫茫/也爱这夜莺歌唱/更爱那花一般的梦……拥抱着夜来香/闻这夜来香/夜来香我为你歌唱/夜来香我为你思量……我为你歌唱/我为你思量……夜来香/夜来香/夜来香……”

仅仅过了两年，我便听到了邓丽君翻唱《夜来香》的磁带曲，港台腔国语版，不是太好懂，好在歌词是看过并记熟的。许多年后，我才第一次见到清晰的1983年金钟奖里的《夜来香》视频，饼脸的邓丽君披着洁白的羽毛肩饰，用她甜得发嗲的嗓音唱着“那南风吹来清凉，那夜莺啼声细唱”……浮声旧梦，午夜销魂，那个柔跟美呵，真的把人都溶化了。接着，有人向我推荐了早年的李香兰原唱视频。李香兰穿着紫红旗袍，手持一束夜来香——大约是真花吧，对着麦克风轻轻摇曳着袅娜腰身，舞台上夜色迷蒙，可见夜来香柔条披拂。“拥抱着夜来香/闻这夜来香/夜来香我为你歌唱/夜来香我为你思量……”巧笑倩兮，美目盼兮，李香兰和邓丽君，若非前后差了二三十年，倒真是一对霓虹姊妹花，一对夜色阑珊里神奇的夜来香。

到了这时，我不仅认清了夜来香花，也弄清了歌者李香兰的身世。她本为东瀛人，却生长在中国，加上难得的天生丽质，因而被“满洲电影协会”相中。24岁那年来沪主演一部影片，无意中在作曲家黎锦光的桌上见到了《夜来香》歌谱。一试唱，不得了，芳唇一启，就风靡了整个上海滩。这个美丽的女人，一生演唱了无数经典情歌，最蹿红的三首是《何日君再来》、《苏州夜曲》和《夜来香》。《何日君再来》本是30年代的影片《三星伴月》插曲，原唱者周璇，但李香兰的演唱却别具风情。就如同她的几帧老照片，旧时旗袍，婉转动人，一张艳而媚的脸轻轻摇晃着，眉眼间有一丝难以捉摸的暧昧——她就是一株在夜色里飘荡着芬芳的夜来香。她的嗓音也是甜腻的，但不发飘，咬字很准，恰到好处有一种哀而不伤的深沉。“我爱这夜色茫茫/也爱这夜莺歌唱/更爱那花一般的梦……”这样歌声入耳，你会想起什么，想起第一次和喜欢的姑娘相拥的彼时柔情和眼下的苍凉心境……今宵别梦，仿佛人生所有的鲜亮和阴影都一齐摇曳而来。

有趣的是，一次拿着遥控器乱调台，居然撞上费玉清在唱《夜来香》，这个我们可以称做安徽老乡的西装男人，以他一贯45度角抬首向天的招牌方式倾情演绎，居然也一片馥郁芬芳盛开，让你若置身茫茫夜色中……

<<<

夜来香

>>>
野葛花

四十一、青藤缠树的那些紫葛花

都市里人很少见过葛花，或是见了也不识。

据说，当年东晋道学、医学、养生界大佬葛洪，带着弟子采风兼带炼丹云游到长江边。哪知弟子修行不深，毒火攻心，一病不起，幸得采来一种毛乎乎青藤煎水服下，方才治好。自此，青藤便姓了葛，叫葛藤。夏季里，藤梢绿叶间开出的紫红花，就是葛花。

“山中只见藤缠树，世上哪见树缠藤。青藤若是不缠树，枉过一春又一春。”过去，葛藤只在山区像刘三姐飙歌那样互相缠绕搅扭……现在不管山区还是圩区，林子里和村子边缘，都长满葛藤，有的是自生自长的野葛，有的则是种植葛。葛的主藤，势如盘龙，古朴坚韧，分派出无数的岔茎，每条岔茎皆枝叶茂盛，花序如紫蝶成行，活泼又美丽。

盛夏，葛藤铆足了劲，新萌的嫩茎呼啦啦乱窜，连招呼都不要打，见谁缠谁，攀上高树枝头，在最茂盛处开出一嘟噜一嘟噜紫艳艳的蝶形花。那些花，真像一只只展翅欲飞的蝴蝶串聚一起，由一根根花梗托举着，高出一片绿叶之上。树长多高，青藤就左缠右绕攀多高，花也开多高。一大片绿叶带着紫花，从这棵树梢跃上那棵树梢，如同结阵的同盟军，三五天功夫就覆盖了一片竹树杂生的林子。葛花与紫藤花很像，只不过葛花红紫，花串朝上挺举，紫藤花蓝紫色，花串下垂，二者是亲戚，都属豆科植物。豆科是个很神奇的家族，除了大豆、豌豆、花生、三叶草、紫苜蓿和紫云英那些七七八八的能长出根瘤菌的草本之外，还有葛与紫藤这样的木质藤本，凡是开神采飞扬蝶形花并最终结出豆荚的，全都划入……龙牙花、紫荆等小乔木或灌木是，但若说刺桐、刺槐、合欢及紫檀等高大乔木也都是，就很有点挑战我们原有的那点儿豆科植物知识了。

葛藤花开，野芳阒寂。老家那里有一段数里路长的无人埂坡，不知何时爬入葛藤，后来居上反客为主，三两年就将原先那些灌木和刺蓬子捂盖得密不透风。六月里我路过时，初夏的阳光跳跃在油亮而肥厚的绿叶上，一簇簇绛紫或瑰红的花序娇娆卓立，宛如飘然的仙子……白头翁跳跃啼鸣着出入其间，许多蜜蜂和蜻蜓还有黑衣的豆娘飞来飞去，让你感到生命的空间真的好博大。

葛藤近地处有段营养根，根中蓄粉，叫葛粉，是美食。“北有人参，南有葛根”，若论滋补和养颜美容，还是把葛根烀熟了直接嚼食为好。数年前的一个冬日，我陪市电视台的两位记者去南陵县弋江镇，街上有好多卖葛的。两位记者不识为何物，我要帮他们找点感觉，掏 10 元钱买了几小截，抓手里站大街上大嚼特嚼，全然不顾风度。这样的葛嚼在口中，筋筋拽拽的，但在那些筋络间却黏附了极多的淀粉，带着一股天然的药香，甜津津十分黏糯适口。

今年春节回老家，初二下午没事，便同由内蒙古回来的小弟一起扛了锹和锄在村子边上挖起葛来。冬天的竹林，一片萧瑟，早已没有了春夏时清新茂雅之

<<<
野葛花

气，满地落叶断枝，踩在上面索索作响。葛藤上原来那些稠密的巴掌大宽卵形叶都已落尽，只剩下许多像蟒蛇一样绞扭的粗茎从树头上披挂下来。挖葛，纯粹就是顺藤摸瓜，找到地面上的根，照着往下刨，把膨大的营养茎刨出来。要是运气好，能碰上飘根，飘根不是垂直朝下长，而是避开树根竹根飘着长。只要找准葛蔸，挖上几锄，再根据它的飘向，刨去外表的泥土，就能顺势把它掰下来……我们半天工夫就挖了好大一堆。刚刨上来的新葛嫩黄，而有一把年纪的老葛就像犁弓一样，外皮灰褐，大腹便便，一蔸就有好几十斤重。

葛根也是常用中药，在老中医的处方上，写作“甘葛”或“粉甘葛”，显得很有情感。1976 年早春，我在下放的那个地方惹下一场大病，内耳眩晕，发作起来天旋地转，又称梅尼尔氏病，辗转治疗了半年，最后医生嘱咐要长期服食葛根。我就从山里搞来葛根切成小块晒干，泡水喝。一直喝了多年。

>>>
打碗花

四十二、童年岁月里的打碗花

穿着浅蓝色喇叭裙的打碗花，最喜欢开放在绿草碧水的塘边河岸，或是追着小溪流水一路飘散淡淡的清香。

打碗花隶属于旋花科，这一科的植物，大多几乎都有喇叭状花朵，最常见的就是牵牛花和田旋花，城市花坛和拆迁工地常有它们左缠右绕的身影，令你想不到的是，我们常食的红薯也是这个家族的。有些花草，你看过一眼就记住了，而有些却足以把你头绕晕，张冠李戴的事时有发生，因为它们近亲太多了，这些亲朋好友们，血缘相近，常常长得十分撞脸，于是人们就挑出一些有效特征作为俗称，代指长相近似的某些或某群植物，比如“喇叭花”。

乡村的夏天，一场雷雨停了，四处跳跃着斑驳的光影。微风拂过，七彩的阳光洒在花草树木枝叶的水珠上，整个世界都轻盈地闪烁、舞动了起来。水汽氤氲之下，打碗花抓紧时机把细茎缠绕到野蔷薇和金樱子的藤蔓上，扶摇直上，一朵朵幽蓝的花儿仿佛飘在那些刺蓬子之上，让人分不清花儿到底开在哪根茎上。有时它们也攀在芭茅墩子上，芭茅长多高，它就爬多高。这种很宁静的花，有两个大的苞片，紧紧的包着花瓣，张开并不太大的裙裾沿上有层淡粉晕开……它们时而攀上枝头张望，时而隐藏在草叶之下，看上去犹似略带娇羞。

打碗花的茎太细了，没有多少力气支撑自己，所以才借着其他植物攀爬。如果没有凭借，它们就自己玩，相互你缠我绕来支撑。而在什么也抓不住的荒地上，就干脆趴下身来，贴着地面匍匐前行。到了初秋的时候，地里会冒出许多开明黄和紫蓝色小花的菊科植物与打碗花相伴，还有密密丛丛的水芹也开出复伞形花序。田旋花和打碗花长得最相似，花瓣都是五裂，叶子底部的筋纹也是五条……但田旋花是旋转着展开自己小小的喇叭裙，花筒上有平行旋扭在一起的五条深色的肋，好像收拢的伞褶一般，开花的时候，花蕾先从上边松口，然后旋转着释放被折叠的花瓣。其实，田旋花和打碗花还是能分开的，它们虽然都长着带长裂的戟形叶，但田旋花的喇叭裙有粉红、淡粉或红白相间的多种颜色，而打碗花只有浅蓝一种。

小孩子常常被大人警告不要采摘打碗花，采了，回家吃饭就会打碎碗。饭碗饭碗，民以食为天，盛饭的碗地位自然非同一般。那个年代，一般人家很少有几只多余的碗，家中来了人，通常要到邻家借碗。所以，小孩子失手打碎碗，肯定被当成一件大事，要惩罚的。碗打了，饭就别吃了，站一旁思过去吧。早有那些趁火打劫的鸡狗跑过来把地上的饭抢吃光了，打了碗的孩子倚门呆立……蓝莹莹的花瓣洒满一地，慢慢地从泪光里浮起来，慢慢地又四分五裂，犹如一块块碎碗的瓷片。

要是碗仅仅打裂一个豁口，就把碗碴子捡起来，洗干净，等着锔碗的人来给它打上补丁。锔碗很有意思，先把碎碗拼合一起，严丝合缝地对好，拿麻绳绑紧，再用小钻子钻，然后打入铜钉。小心翼翼地把铜钉敲牢实了，盛一碗水，不漏不洒，就算锔好。

那时，家里买回新碗，碗底都要凿字的。将碗倒扣在长凳上，左手扶小凿，右手持小锤轻轻敲击，一个一个浅浅的小麻点紧密相连，慢慢就拼成了一个字，有时也仅仅是一个三角或圆圈的记号。谁家做红白喜事，执事的男人就挑着箩筐挨家挨户搜齐碗。几百个有豁裂或无豁裂的蓝边碗、红花碗，聚齐一张张四方木桌上，在大人小孩的手中热闹了一回，酒席吃完，油腻腻地放进大木盆里。那些乐呵呵的婶子嫂嫂们，蹲在水跳头，一边洗碗一边大声说笑，引得众多小鱼也来水面撒欢打花。洗了很长时间，日落后，执事的男人凭着碗底的字一摞摞码到箩筐里，再挑着送返各家各户。

水跳的一旁，正好有几朵打碗花开着，柔弱的花蕾把裙子形的花瓣卷在一起，像一把把打开后又收起的雨伞。它们的影子倒映在水中……还有晚霞的影、飞鸟的影、在水边拱食的黑猪的影，那就是一个亦幻亦真的童话世界。

水草丰美的岸边，打碗花是我们童年岁月里不可磨灭的记忆。

>>>
扁豆花

四十三、扁豆花如蝶 蹁跹过秋风

扁豆形如柳眉，更似新月，故在我们老家那处乡下，被叫做月亮菜……听起来，很有点新月照清溪的诗意。

扁豆好养，无论瘦土肥土阳处阴处，只要做个脸盆大的墩子，下点底肥，搭上两粒豆种，三五日小苗萌出，在风里摇着稚拙的宽卵形嫩叶，颤着纤细的藤缠绕于周围，攀到了篱墙上。初夏时一场又一场的雨水，会让它们蓄足力量，依形就势，盘旋蔓延，不多日就千丝万缕，将整个篱墙变成一片浓绿。有时它们甚至会缠到晾衣绳上，要是不留神给攀上高高的树梢头并开出一路撒欢的繁花，你只能等候收获黑皱的老扁豆了。

扁豆有白、紫之分。白扁豆就是那种很扁很宽的大耳朵豆，白皮白肉，豆粒突绽，富足而优雅。高出繁密绿叶之上的一簇簇白花，如一只只振翅欲飞的白蝶，藤子攀到哪里就飞聚到哪里。紫扁豆身形苗条而饱满，油光紫亮，一嘟噜一嘟噜的紫蝶花，头挨着头肩抵着肩，嚷嚷着吵闹着谁也不让谁，底下都已结出身量不等的大小豆荚，上面继续还在开，一直开进秋天里……紫扁豆老了，豆粒黑亮诱人，且有道白痕如喜鹊的羽毛，故紫扁豆又名鹊豆。

作为一种暖老温贫的菜蔬，扁豆开花并不是着意让人观赏的，但这并不妨碍塑出活泼而优雅的花形为自己的豆蔻年华做最生动的标记。尤其是每瓣花的下半部都有两个小点，多么像一双飘逸而秀媚的眼，在眨呀眨……天气凉透，篱边野菊金黄，远处的乌桕和枫叶已红透，而寻常草木则多呈颓萎寥落之相。此时，一串串扁豆花依旧鲜亮地高跃梢头，对着青天，张开一双双想飞的翅和眼，不惊不惧……花如蝶，蹁跹过秋风，偶有坠落，也是那样迷人！

夜里忽来一场雨，把篱架下的虫声浇灭了好多。早饭后，一位老婆婆坐在门前小凳上，抓一把扁豆在手，一掐一拉，撕去弓弦和弓背处两根筋络，折成几截丢入筐箩里。一只麻栗色猫卧在脚下，还有几只鸡在篱笆下钻来钻去，挠着落叶寻食。那些带着小蒂的蝶翅一样的花儿，在昨夜的雨里扑簌簌掉了一地……一个穿绿罩衫的小女孩从屋里跑出，手里拿着针线，从地上捡起花蒂，一个一个穿起来，一串串的，小风铃一样，最后把它挂在脖子上。老婆婆看在眼里，慈祥地笑了，一脸的宁静祥和。

扁豆总是和篱笆结缘甚深，特别是在某一个秋日里，一片落入眼中的篱墙，仅仅因为开满了扁豆花，便让我们心头顿时感受到了家园的宁谧与温馨。扁豆眷念家园，更青睐故人，“白花青蔓高于屋，夜夜寒虫金石声”……想到儿时的扁豆篱架下的晨露与绿荫凉风，想到夜色中的蛐蛐和纺织娘幽远的叫声，于是便有了怀念，便有了乡愁。如果说清人查学礼的“碧水迢迢漾浅沙，几丛修竹野人家。最怜秋满疏篱外，带

<<<
扁豆花

雨斜开扁豆花"，一如扁豆花开放的寂寞，是带着一种生命浅浅的哀愁；那么郑板桥的题画诗中那句"满架秋风扁豆花"，则于农耕的乡土气息中对平静岁月的流逝表露出淡淡的眷恋。

>>>
红蓼花

四十四、红蓼知秋　渡口已老

最近一段时日未出远门，一直在家与办公室两头折返跑，周末回南陵乡下看望父母，对路边野草闲花不免多了一份关注。过新修筑的孤峰河桥时，居然发现桥下开着很多蓼花，铺满了原来渡口的一大片河滩。满眼的紫红花穗在秋风中摇曳着，分外有一种寂寥的感觉……想起前人“秋波红蓼水，夕照青芜岸”以及“橹声归去浪痕浅，摇动一滩红蓼花”的诗句，不觉心头一动，反正手里也没提没拿的，便抬脚朝埂下走去。

荒草没膝，有一条或许是打鱼人和放鸭人踩出的小径，直通红蓼阵中。两只牛背鹭立在浅水蓼花中，见我走近，长腿朝后一撑，扇开双翅飞了起来，却只在不高的空中转半个圈，又折回歇落在数十米开外的地方，定定地对我看着，不惊，也不怪。白羽映着红花，很是有点况味……江南水岸边，这种场景，应是常见的。多年前的一个深秋，同朋友开车顺漳河大堤去峨桥，也是在一渡口河滩见到大片鲜艳夺目的红蓼花，正是黄昏，彩霞映红了半个天空，不远处有高出水面芦苇墩，秋风吹动起伏的芦花，如雪如絮，与红蓼花相糅互杂，美丽无可言喻。

蓼子草不下百种，最大众化的是叶上有褐点的蓼，俗称麻蓼，学名大约是辣蓼或旱蓼，泼皮强悍，因为气味辛辣熏眼睛，乡人夏夜燃蓼草为耕牛熏蚊。我的祖母在世时，训诫晚辈勤劳耕作常挂嘴边的一句话是“楝树开花你不做，蓼子开花把脚跺”。楝树初夏开出紫蓝细碎的花，正是点瓜种豆、插秧耘田的好档口，要是此时偷懒，你误地一时，地误你一年……到秋天蓼花红遍，便只有跺脚喊皇天的份了。

蓼蓝不知是让谁给拧反了，应该喊作“蓝蓼”才对，也是一种蓼，古人只单称一个“蓝”，椭圆青叶开出粉白花穗，让人无法想象与蓝有何关系。但这些蓼草的身影却出现在远古的《诗经》中，那时的农人倒是很有文艺气质，唱着“终朝采蓝，不盈一襜。五日为期，六日不詹”的歌谣，怀着一颗忧伤潮湿的心，去田间收采蓼蓝，好染身上穿的麻衣呵……

还有一种也是我们非常眼熟的阔叶巨蓼，一人多高，专长在篱边和路旁，筋骨粗壮，节部膨大，顶端下垂，形似拐杖。弯曲的花穗，就像一条条大白蚕一样垂弯在顶梢头，同你眼睛平齐，正好能觑清挤挤挨挨聚在一起的五瓣小白花，其间细短的花蕊，平时肉眼几乎难以察辨。小白花落尽，结出稗子那般大的黑圆籽粒，乡民们做米酒和黄酒，所用小圆球曲母便是掺入了这东西。其实，巨蓼也喜欢水——通常是开红花的那种，如果齐膨大节部剪一段青中透红的穗枝，插在注水的瓶子里，数日后就能萌出白根，顶上的花也开得沉稳非凡，放在电脑桌旁或窗台上，很是清润养眼。

水蓼们都喜欢把河滩湿地当做大本营，秋风起，穗头红，无数细小花苞聚在一起，红中带白，似花，又似染色的小米粒。远看一片红艳，像是铺着红毯，如果是傍晚逆着一天晚霞望去，就像着了火一样，难怪古人把蓼花形容为水上的火焰，有“蓼花蘸水火不灭”之谓。去年临近立冬，一个喜欢摄影的文友从新闻里得知鄱阳湖湿地蓼花暴开，立马驱车赶去。回来后给我们看摄片：湖床上开满了蓼子花，一片红紫绵延天际，壮观惊人。其实，旱地蓼花——包括种子做曲母的阔叶巨蓼在夏末就陆续开放了，只有水边的蓼花才会聚齐在深秋开，红艳繁簇，像一场大聚会。

只是，这眼前的繁茂，又是最易转换成一片寂寥空茫……总是在路上状态的古人，于此体会尤深。

记否江南红蓼岸，渡头送别下白鸥？彼时交通不便，行路艰难，一别经年，水流舟移，离愁别绪会拉得格外韧长。草木不解人伤情，河边的树都是早先的树，送与被送的人，尤是挥不去红遍码头渡口的簇簇蓼花。所以唐人许琿要说：“岭北归人莫回首，蓼花枫叶万重滩！”再看前蜀词人薛昭蕴的《浣溪沙》：“红蓼渡头秋正雨，印沙鸥迹自成行。整鬟飘袖野风香。不语含颦深浦里，几回愁煞棹船郎，燕归帆尽水茫茫。”……离怀别绪，羁旅乡愁，回望一川清秋冷雨中的红蓼花，真的是千言万语的样子。

橹声已远，如今许多渡口都架起了长桥……没有了送别，也就没有了弥漫在红蓼滩头那一片愁思。

>>>
姜花

四十五、开在星光下的姜花

清凉早秋，乡间的河川湿地，纯白的姜花开得正盛，就像一群凌波飞舞的仙子，纤尘不染，精灵如蝶。

姜花，姜科姜花属多年生草本植物，十多片狭长的叶直接抱在茎上，呈披针形左右两行排列，穗状花序，五六朵洁白的花，从下往上陆续开放。花是从绿色的花萼筒内慢慢伸出的，颤颤地连着细长的柄，乍一看，每朵三瓣，一瓣较小，两瓣稍大貌似蝴蝶的双翼，乃是瓣状雄蕊特别演化而成……可见，它们决非图省事的花。而中心挺立的花蕊，则是由一个雄蕊和一个雌蕊结合形成，伸出于这些真花假瓣之中的条状花柱，顶端有淡淡的黄色花药，神似蝴蝶的触须，使得整朵花酷似临风欲飞的模样，故又称为“蝴蝶姜”。姜花开放，散发着一种酸酸甜甜的水果味，有点类似橘子花的香味。

有人以为，姜花就是食用生姜开的花，其实不然。两者虽然同为姜科大家族成员，都是随便一疙瘩就能长出一大丛，但到了“属”这一辈，分道扬镳了。生姜我在乡下搭篷种过，长最好也就齐大腿深，没见过开花，养分都送到姜块上去了。姜花超过半人高，根茎也是横生，颜色淡黄，作中药材名叫姜黄，活血化瘀。

为了看姜花，我乘坐 33 路公交车过滀港大桥，到离碧桂园还有一站的地方下，沿着一条小路走到对面一个水塘，几棵槐树下有一养蜂人家，春天我来此买过蜂蜜。水边修有石阶，可以走下去，不时见有人洗衣服。东南塘梢处有一片姜花，还有茨菰和野茭白也杂生其间。姜花轻轻地摇曳，淡淡地香着，那是人迹罕至处的绝尘幽香……如果你不曾在野外见过它们，那你就真的是一个与自然物事十分疏离的城市人。

近年来，夏日街头巷尾，常看见有人把姜花斜插在桶里卖，五六元一把，价格很便宜。我每天傍晚下班从中山桥上走过，总是有一位中年男人骑着小四轮车卖姜花，他将四五枝花用红塑纸扎成一把，养在车上一个水桶里，见我朝他看着，就说："先生，买花吧……"隔三差五的我就照顾一下他生意，却从未问过这些花是他自已种的哩，还是从花市批发来的？从内心来说，我不希望这些花是采自我熟悉的那片远郊水域——尽管那些开在水边的花，唯其有人欣赏它的美丽和清香，才显示存在的意义。

喜欢姜花淡淡的清香，雪白的颜色，明丽而又宁静，喜欢它们逐水而居的身世，更喜欢它们层层叠叠的开放。一朵一朵的姜花，一寸开谢，一寸柔肠……寸寸吐露，皆是清秋的情怀。

那一次，同事荆毅君陪我去弋矶山医院看望一个垂危的绝症病人，是送行前的最后一见。她是我的一个远房表妹，比我小八岁，当年求学时曾在我家住过两年，那两年我正好在外上学，放假回来还是能见上面，也给她做过读书指导和购过几回书。后来，她独闯都市，终于有了婚姻及一份可观家业。没想到，病魔却是如此狰狞地锁定了她……走出弥漫着消毒药水

<<<
姜花

味的病房，空中飘起了细雨，蒙蒙水汽，晕开了霓虹灯的彩影。暗夜的微风中，我闻到了姜花香，医院大门外竟然有人在卖姜花，毫不犹豫买了一大捧。我知道病中忌讳白颜色的花，便把这些花带回了家……纯白的姜花，让我想到那句泰戈尔的诗："生如夏花之绚烂，死如秋叶之静美"……一如我们的人生，一如我们的归去。一切，如此自然，简单而又伤情。

在无人的水域，星光下，姜花还在开，也在谢。

>>>
鸡冠花

四十六、故人曾解后庭花

时近中秋，公园景点摆出了盆花。那些仿佛贴着盆土开出的矮脚鸡冠花，硕大而厚实，瑰红、纯白、浅紫、金黄，诸色灼灼，想不高调还真不行。其实，这个季节，在江南许多寻常巷陌里，檐边墙头，还有碎砖码起的简陋花坛中，所见最多的，大约便是形态各异的这些红光照眼的鸡冠花。鸡冠花也算是最民间的花了。

鸡冠花顶着穗状花序，肉乎乎的，扁平而厚软，像鸡冠，又像倒呈的扫帚。同一花序上，紫、黄各半的叫“鸳鸯鸡冠”；花序特别红肥的，称“寿星鸡冠”。那年去徽州祁门县一个山村，见到道两旁一人多高的火炬鸡冠，却是另一番风情，在秋阳的照射下，那就是一支支燃烧的火炬，让人过目不忘。

上世纪九十年代中期，也是这季节的某个下午，在朋友家置放着包括鸡冠花在内的许多花卉盆景的小院里，我同已故的芜湖文化名人王业霖先生闲聊。聊到一些因花附名的教坊曲，像《虞美人》《汉宫秋》《剪秋萝》等，就提到杜牧的“隔江犹唱后庭花”……这后庭花当然也是唐教坊曲，全称《玉树后庭花》，原系南朝陈后主为其美妃张丽华所制曲名，后人视为亡国之音，因此李商隐对隋炀帝有“地下若逢陈后主，岂宜重问后庭花”之讥责。王先生笑着问我：“知道后庭花就是鸡冠花吗？”我当然从未听说过这种根底，表示愿闻其详。

数日后，王先生便将几条“典出”抄下函寄我。一是苏辙在《寓居六咏》中有“后庭花草盛，怜汝系兴亡”，句后自注“或言矮鸡冠即玉树后庭花”。其次，同为宋人的王灼在其花谱专著《碧鸡漫志》中记述：“吴蜀鸡冠花有一种小者，高不过五六寸……世人曰后庭花。”还有明末陈仁锡在一部类书中说得更具体：“寿星鸡冠即矮脚鸡冠……即后庭花也。”

原来鸡冠花竟也如此附庸过风雅，只是不知“玉树”当解为何义？照我想，玉树多用来形容男性才貌俊美，如“玉树临风”；此外，按《辞海》注，玉树又是槐树的别称……后来看到了陈叔宝那支艳曲原词：“琼宇芳林对高阁，新妆艳质本倾城。映户凝娇乍不进，出帷含态笑相迎。娇姬脸似花含露，玉树流光照后庭。”才算明白，这里的“玉树”就是蟾宫桂树，用以代指月亮，同鸡冠花毫不相干。要不然，我还以为玉树后庭花是专指白色鸡冠花哩。

就像金鱼都是由野生鲫鱼转投而来，矮脚鸡冠花肯定都是高脚鸡冠花的异化，因为矮矬，省去一大段茎叶，入盆才好看。其花除了扇状、帚状，还有塔状和球状，皆因所出派系门户不同而致。其实，鸡冠花同我们常吃的苋菜是堂姊妹，同为苋科血统。你看她们的茎叶都是一样殷红——青苋菜和白鸡冠花是例外，过去糕点作坊染色用的苋菜红，又叫食品红，就是苋菜提炼的，想必鸡冠花茎叶熬出汤，一定也是打翻一锅红颜料。

野鸡冠花就是青葙子，是一种不起眼的田边地头淡红野花，但在阳光下在蝴蝶的陪伴下，也挺好看挺明净疏朗的。初秋剪下成熟干枯的塔形花穗，搓出细小黑亮的种子，剔尽杂壳和乱爬的小虫，入药可利尿、消肝火、明目。20世纪七十年代中期，我在下放当赤脚医生前，先在公社卫生院学了一年多中医。记得那年一场春雨过后，卫生院一侧空地上冒出了许多苋菜苗。让人觉得非常奇怪，没见有人撒种呀……苋菜长大了，绿绿的叶片，淡红的叶脉和茎，仔细辨认，居然全都是青葙子。后来才知道，是我们那位姓陈的老药工给中药材晒霉时遗落的。

鸡冠花还有一堂姊妹，叫雁来红，乃因叶片变色正当大雁南飞之时，名称好美，将时令和色彩全都收进了。雁来红只弄叶不玩花，初时就是鸡冠花和苋菜，越长越高，到深秋，高过人头，脚叶深紫，唯顶叶一丛猩红如染，妍艳夺目，堪比春花……只因身子太高了，头重脚轻，稍经风雨即倒伏，故需不断往根部壅土。也有脚叶鲜青而顶叶灿黄的，即雁来黄。日本作家渡边淳一的《雁来红》，又译作《红花》，写婚外恋的，通过男女主人公不顾一切的在性爱中释放与解脱自己的故事的描写，宣扬了性欲对完善人的基本构建的意义，同时批判了现代文化对人的原始性活力的压抑。在许多介绍这本书的文章里，却错把雁来红当作鸡冠花的别名。

老花工还教我见识过锦西风，叶似苋菜而大，顶叶披纷，有红紫黄绿各色杂陈，故又呼作十样锦。得了如许的色彩和诗意，秋天也就不觉得寂寞了。

>>>
桂花

四十七、八月未央　落桂如雨

为了写作那本《二十八城记》，我几乎走遍江南古镇。那些老宅院里通常都有桂花树，老宅宜配老树，这样的桂花树，《红楼梦》里有，《浮生六记》也有。只是这些树郁聚了江南太多的烟雨，往往都不是太高大，超过碗口粗，枝干上就已敷满苍苔。岁月飘摇，那么多的物事都随风而逝，能有一株桂树留下，挺不容易了。

桂花很小，小到只有半粒稗壳大，四片厚瓣围着几丝细蕊，初开时嫩黄，以后逐变为金黄。数十朵这样的小花，成丛成簇聚生于叶腋间，与世无争，静静地开，悄悄地落……秋光老尽，花落尘埃，这一季开过，下一季犹自再来。

农历八月，时近中秋，我来到西湖之南的满觉陇。长长的峡谷里，浓烈的花香沁人心脾，能把人醉晕。道两旁有农家茶座，只要花上几十元，就能坐下来边品茶边赏桂，还可来一碗香甜可口的桂花栗子羹。但见宅屋边、山坡上，成千上万棵桂树缀满细细密密的繁花，有金黄的、淡黄的、橙红的，还有白色的，一簇簇，一层层，无风花也落，人行其间，细碎的花瓣，簌簌索索，淅淅沥沥，飘落在身上，飘落在地上……“满陇尽是桂花雨，一路芬芳入杭城”，难怪西湖十景里有一个“满陇桂雨”这么好听的名字，真是名副其实呵。

其实，不止在满觉陇，整个西湖边都萦绕着醉人的芳香。无论在孤山，在岳庙，在刘庄，在花港观鱼处，抑或湖中大小岛屿上，开满密密繁花的桂树，都是停留在今世婉约里的最好景致。多少文人墨客留下足迹，留下诗词，赞誉这芳香流逸的美江南。广西桂林也是以桂花闻名，那里有桂花山、桂花街、桂花公园，桂花宾馆，连吃饭时都能选在开满桂花的露天院落里，那感觉真是好……但桂林日渐搁浅的漓江终究难比深碧的西湖。在西子湖边选一临水的坐椅，于桂丛中染一襟幽香，倘若光阴就这样老去，我愿交付此生。

日赏桂，夜赏月，这该是西湖边最浪漫的游历了。白居易《忆江南》“山寺月中寻桂子”，冷露无声，如此流连，只是不知白公当年可曾拾得一枚月中落下的桂子？两年前，我同家人曾在西湖边的刘庄住过一晚，那也是毛泽东二十七次住过的地方，三面临湖，一面倚山，苍苔满径，绿竹游廊，虫声盈耳……月白风清之下，苏堤遥遥在望，湖面上粼粼波光漾动阵阵桂香。想这世间，只怕再也没有什么地方比得上江南这般月色了。

那次，我坐船经过申杭大运河边一个小镇，空气中弥漫着甜润的醇香。有人指着舷窗外的水码头告诉我，小镇上有一棵乾隆年代的桂花树，在一户寻常人家的院内，是一棵金桂，又称“八月桂”……这棵桂，奇就奇在它能预报农事丰歉，要是开满繁花，来年准是个丰收年，倘若花事寂寥或是根本不开花，预报的不是大水就是大旱。正巧，我的家乡也有这样一棵老

<<<
桂花

桂，打我记事时它就立在邻村的水塘旁了，据说那地方原来有一个庵堂。树太老了，漫长的生长替换，许多枝桠都已光秃。1976 年的金秋，这棵老桂稀疏的枝头竟然一夜间爆满细碎黄花，仿佛沉睡的灵性骤然迸发，老树新花，预示着什么喜庆的事要到来……“四人帮”被一锅端掉，欢畅的锣鼓声响彻了神州大地，我们从四面八方汇聚到县城中山公园大操场上，举行隆重的庆祝活动。公园里的那些桂树，也似都被超凡的灵性所触摸和感悟，缀满密实精美的花儿，空气里浸润着甜甜的袭人芳香。

晴空朗日，芳香绵绵。秋之福泽，何其厚哉！

>>>
木芙蓉

四十八、无关水岸 大楼下的木芙蓉

我们报业集团大楼北面便是戏曲公园，由一道长长的铁栅栏隔开。这些日子，公园那边一树树红花开得正欢，贴着栅栏形成长长一道花墙。每天中午，我吃过饭后，便踩着枯萎的荒草到那花墙下散步。荒草中有零落拖曳的大朵黄花，顺藤能轻易找到壮硕的带青黄条纹的长圆南瓜，估计是大门口值班的保安们种的。

开红花的树，都是小乔木，被茂密和葳蕤催逼着，多而无绪的枝条很容易就越过栅栏，将花开出境外来了。花一看就知是锦葵科的，大而妩媚，生于枝梢，重重叠叠的瓣，围着中间一柱黄蕊，细长的梗似不胜重托。其叶也大，掌状，有裂，两面带毛，叶脉清晰，包着萼片的花蕾藏在密叶间，大的蕾，如握不住的粉拳，露出浅浅一裂轻红。栅栏那边水塘畔常有人在“啊……啊……”吊嗓子，引动风走林梢，便有整朵红花扑啦啦掉下来，有时掉到头上，让人好一阵发愣。

傍晚快下班时分，为别人一篇稿子事，我去9楼的日报唐副总编办公室。她正伫临北窗前，是那种放松似地朝外观景……我不知道下界栅栏外一树树红花进入她法眼没有？因为也是跟花草有点情缘，烹文煮字时，她若想省事就拿我当“百度”，当天上午，还在电话中问了关于栾树和栾树花的一些问题。于是，那天的话题，便由触眼所及处公园里栾树梢头浮耸黄花而转到那些红花上，当得知那就是木芙蓉花时，我看到她嘴夸张地“O”了一下……那是“久闻其名”却一直未能“对上号”的表示。秋江寂寞，不怨东风，我笑了笑，也就很有必要给人家作了一番补习，从花事到人事，到一些相关诗词……并特别提醒注意一下花色变化：早晨淡白粉红，傍晚会变为深红。

“小池南畔木芙蓉，雨后霜前着意红。犹胜无言旧桃李，一生开落任东风。”这是南宋时我们安徽老乡吕本中的一首咏花诗。芙蓉，原是水面莲花的别称，后来这名字就让给了开在树上的木芙蓉。菊花傲霜吧，但木芙蓉更在其后，占尽深秋风情，所以曹雪芹才让那个很有几根傲骨的晴雯做了主管木芙蓉的花神。

许多年前，我有个住在南陵城关市桥河边的中学同学，他家临河小院里长着一棵跟屋脊平齐的芙蓉树。同学的父亲是我的语文老师，说到此花，他只称芙蓉，把一个“木”字省略掉。他告诉我，芙蓉又叫木莲，虽是开在树上的莲花，却也性喜近水，花光水影，相映成趣，因此有“照水芙蓉”之美誉。那时的市桥河水好清洌，清得能照见两岸瓦檐下啄食的麻雀。每到深秋，满树锦绣繁花倒映在摇曳的波光里，分外妍艳迷人。如今那地方，经几轮拆迁改造，旧时水岸，早已无迹可寻了……

后蜀孟昶，是丧城失妻的川版李后主，因深爱他的花蕊夫人而命人广种芙蓉，每到深秋，成都满城锦绣，花红遍地，故称“蓉城”，那是芙蓉花最倾城倾国的光景。据说，孟昶还以芙蓉花染缯制帐，称为“芙蓉帐”，若事实果如此，“芙蓉帐暖度春宵”，白居易就把时空搞颠倒了，倒逼“三郎”和贵妃娘娘睡进五代人制作的帐中……但是，“芙蓉帐”若只是一种花颜粉帐则又当别论了。另一个以芙蓉为标识的地方是湖南，自唐代始，湘水两岸就芙蓉似锦，绚丽迷眼，“秋风万里芙蓉国”广为人传颂。湖南省级大型杂志就叫《芙蓉》，双月刊，20世纪八九十年代曾数次发表我的好友旭东的作品，其中篇小说《这是一片贫瘠的土地》还获过“风流杯”大奖赛二等奖……我那时也向该刊投过数稿，折戟沉沙的结果，是对小说的形制深深衔恨。

唐时成都薛才女，剥芙蓉树皮浸浣花溪中，捣烂制纸，再染上芙蓉花汁，玩出姿容妍绝的“薛涛笺”来。“浣花溪上如花客，绿阁深藏人不识。留得溪头瑟瑟波，泼成纸上猩猩色。”这是唐诗人韦庄的一首《乞彩笺歌》。人生意气，草木无言，一段文坛佳话，亦是一篇最好的芙蓉女儿诔文。

时序已过了霜降，我仍然每个中午都要去栅栏那边看看。阳光煦煦，花儿盈盈……花草，总是能寄托一些抒之不尽的情怀。

\>>>
马兰头花

四十九、满地的马兰花变成星星

江南早春，一场雨水后，几乎一夜之间，遍地都是马兰头生机勃勃的身影……要想咀嚼一下春天的味道，就去采马兰头吧。马兰头边缘有齿的叶子上挂着晶莹雨珠，青翠欲滴，而它们幽紫的茎就在柔柔的春风里轻轻摇曳着。马兰头采回家，择洗干净，入沸水焯过，切碎，加上调味品，拌入五香茶干丁，浇上香喷喷的小磨麻油，倘是上盘之前再撒上拍碎的花生米，碧绿色中点点洁白，岂止是赏心悦目……还没动筷，原野的味道就已飘入口中。

过了这个季节，马兰头似乎就销声匿迹了。当它们再次出现在人们视野里，已是秋天了。

去年十一月的黄花季节，我陪市电视台几个记者到青弋江边古镇西河拍专题片。老街的空城岁月，很是荒寒和萧瑟简远，完全不是我当年在这教书时的模样了。许多老屋人去楼空，那些渍着深深苔痕的断墙根下，开着一蓬一蓬的野菊，间或也有种植菊高擎大朵繁复的花表明自己的身份，旁边就是一畦畦蔬菜。坎沿下，常有星星点点蓝色小花落入眼帘，它们只有脚背高，碎小莹透的舌状花，一圈总有二三十瓣，围住中间一个豆粒大的黄色花盘，看上去简单、清晰而明丽，与世无争，有着一种淡淡的落寞……在一处老房倒塌的废墟边上，竟然有一大片这种淡蓝的小花，长得出乎意料的高，挤挤挨挨凑在一起，犹如秋日絮语娓娓道来，凑近能闻到轻浅的香。两名年轻女记者非常好奇，“这好可爱哟——”在没弄清是什么花的情况下，就将摄像机镜头对准这些“可爱”的小花拍了起来……当我告诉说这就是马兰头花时，哇一声，端着相机的、举着手机的，一起围了过来。

马兰头是菊科多年生草本植物。菊科是高等植物中的第一大科，从金盘向日葵到纽扣大的野菊，开黄花的居多，如果说有什么共同特征，那就是它们鼓鼓的管状花心外，围着一圈或黄或蓝或白的舌形花瓣。秋天里出外走走，你碰到最多的就是菊科的花儿，它们几乎是热热闹闹地陪伴你一路……菊花脑、黄鹌菜、百日草、绒毛草，还有雏菊，植株高高矮矮，有的热烈昂扬，有的温柔乖巧……如果不去纠结分类，而是简单地认同花草，观赏或者欣赏，则令人愉悦得多。

这样的小花其实有很多，抬眼四看，石阶边，路基下，埂坡上，到处都有。它们被秋日午后阳光照彻，一扫迟暮气息，那么接地气，那么生动真实、绵密而又平静，就像故乡的风物人情。当一个人的心里盛满了植物，他也会成为一颗星星吗？记得我们小时有一种无厘头玩法：掐来各种颜色的小盘花，再折一枝细竹，把梢尖上卷着的嫩叶尽数抽掉，捏着花梗插入竹叶抽出后的隙缝里。竹枝上便开满黄的蓝的白的五颜六色的花，看上去奇形怪状不知何物，十分有趣……人手一枝举着，一路招摇地往学校走去。

那夜，我在老镇留了下来。月亮很大，夜风生寒，瓦砾草丛间，偶有微弱虫声传出。看望了一位老友，他送我回住宿处时，特意到渡口处转了一下。一大片

<<<
马兰头花

野菊黄花被月光照亮，时光之河，幽深辽阔，数点孤星远在天边，话题落到了我当年写下的一首《渡口送别》上，朋友的口里断续就诵了出来：“过客一样的黄花季节 /在生命高高枝头闪亮 /将照耀谁的小屋 /仿佛前世 /前世的前世 /伊人临水 /唯我翘首作别前路 /这最美丽的河流呵 /静静地漂流过 /那年渡头送行的翠堤春晓……迢遥长路 /帘幕重重 /时近时远的容颜 /可有缘分与风聚散……”

夜晚睡得特别好。次日一早起来，站在窗前，犹觉凉意浸人，能看到河面上散发着一阵白烟水汽。院墙根下野菊花还在开，路边和坎沿下的马兰头花也在开，它们就要走完今生今世所有的路。河水清静，所有的植物上覆盖着白白的霜，菜畦上那些大蒜和青菜叶子上尤为明显。

>>>
野菊花

五十、野菊花的秋天

野菊花只能算是体制外的一种菊，花朵实在太小，典型的草根阶层，但因为喜欢抱团，成块连片，十分抢眼，所以并不弱势。快要到一年中最后一月了，山林未显萧瑟，绿色依旧满目……山坡路旁，塘畔地头，篱前坎下，野菊花簇簇丛丛迎着阳光开放，宣泄敞亮的情怀。野菊花喜欢秋天，秋天的原野，因为有了这些金黄的小花，才潇洒不羁地亮丽起来。“战地黄花分外香”，浸染过硝烟的“黄花”，就是野菊花吧。

粗粗看，野菊花并没有什么特点，花形同雏菊以及马兰花非常相似，一圈细密的黄瓣，围着中间一个超小向日葵那样的盘子，合一起还比不上一枚普通纽扣大。但野菊花骨子里充满野性，想怎么长就怎么长，从不禁锢自己，也不懂缠绵，有花尽情开，有香尽情放。飒飒秋风吹来的时候，那么多的花和花骨朵，从茎顶，从肋间腋下，一下子冒出来，密密匝匝，重重叠叠，如繁星，如瀑布，丰盈朝夕，一片夺目的灿黄！

野菊花微微清苦的药香，对于我来说是再熟悉不过了。我做赤脚医生时，每到秋天，趁着野菊花蓓蕾刚刚打开而未及全部绽放时，就提着篮子把它们从带着晨露的梢头捋下来，最后倒入竹匾中，置于阴凉通风处晾干。采一次野菊花，周身药香会萦绕多日不去。野菊花清热消炎，既可煎水内服，又可捣烂外敷，对于疔疮疡、红肿热痛尤有疗效。还有地丁草、蒲公英、半边莲，我们也在夏秋时自己动手采回，与野菊花一起合力增强清热解毒之功。

那个时候，漫山遍野开满野菊花，我的经历里染透着野菊花的金黄和芳香。

十一月最后一天的傍晚，我从单位出来一直向西走到江边，从这里徒步回家约需一小时。夕阳西坠，长河静穆，在防洪墙下江滩一侧，转过一片杂树林，枯荒的草丛里，一大丛野菊花突然跃入眼帘，那些半人高的纷乱交叉垂落的枝条上，密密拥拥缀满花朵，映着苍茫炫目的晚霞，既有着“金蛇狂舞”的喧腾，更有着“十面埋伏”的壮烈……场面十分震撼。

其实，在我住家的小区里就有野菊花，共有 3 片区域，一在小区北侧一幢住宅楼下背阴处，有铁栅栏围着，人进不去，另两处都在小区南侧向阳的景观花木下，南边的长得远不如北边背阴处繁密茂盛。虽然它们与外面的野菊花一样开出明艳的黄色小花，但个头身条稍矮，直立，茎干不够韧长，梢头花比较齐整，明显缺少了一股酣畅不羁的野性。若是蹲下来整理一下它们的身姿，或是拔除高出梢顶的杂草，你手上、腿脚上、衣上，连同发间都会染有挥不去的药香——这就是我们喊做“菊花脑”的一种野菊花，只有南方才能见着它们身影，百度上解释，“为菊科菊属草本野菊花的近缘植物”。整个夏天里，它们深裂的锯齿状绿叶色泽明亮，嫩头又多又密，掐来打汤或是清炒，是十足清香微苦的典型代表。那种既有点涩又有点麻的

<<<
野菊花

味道，触上舌尖马上就让脑筋一爽，是真正老家的味道。因此，许多人将其移植于屋前屋后，春夏作菜蔬，秋天里观花。

去年落叶纷飞时节，北京东四环的一个午后，我带着一岁多的孙子在小区里丰沛阳光下溜达，在一处底楼人家的前院里，看见了一长溜灿亮的小黄花，花梢十分齐整，花底羽状裂叶仍墨玉般浓绿着，凛然于北国的深秋……一个年长的谢顶男人坐在小院门前的藤椅上饶有兴趣地看着我的小孙子说："认识么，野菊花，秋天里最后的花。"我隐约听出了一丝熟悉的乡韵，便笑了笑说："是菊花脑吧。""对对对……是菊花脑。专给野菊花当托儿的。"他和我一样，都把那个"脑"发音为"劳"。"先生也是南京人？"他问。"南京的老乡芜湖。种菊花脑的，不是南京人嘛，就是芜湖人……"于是，一齐相视而笑。

我至今不明白，为什么"菊花脑"只在长江中下游的芜湖至南京之间流通？就同另一地域性特强的野菜芦蒿一样，外地人受不了那股青蒿气的冲味，但是《红楼梦》里那个俏晴雯却是十分爱好这一口。我们是否可以凭此认定，这个心性孤傲的妹子就是生长于长江边的南方人，于倾城之外，缠绵于清冷？

是呵，一个人如果远离了故乡，许多往事也就被尘封在记忆里，或是无昭无示散如云烟。只有野菊花，在秋风里开满原野的金黄小花，会承载起你重温故土的感动……还有夏季里萦绕在舌尖上那种微苦清凉的味道，能帮你找到回乡的路。